JUGE
SUR LA CÔTE D'AZUR

Jean-Pierre MURCIANO

JUGE SUR LA CÔTE D'AZUR

MISSIONS IMPOSSIBLES

Michel LAFON

7-13, bd Paul-Émile-Victor, Île de la Jatte,
92521 Neuilly-sur-Seine Cedex

À Vincent,
et à tous ses frères et sœurs.

I

Légitime défense

31 juillet 1999. L'heure des congés a sonné. Depuis de nombreuses années, je ne me souviens pas de les avoir autant attendus. Quelques jours cependant m'auront manqué pour terminer une instruction déjà ancienne mais qui vient de connaître de spectaculaires avancées dans les dernières semaines. Ce dossier, d'une certaine difficulté, mené parallèlement à ma charge de travail habituelle, a effectivement conduit à de multiples mises en examen, sous l'impulsion de la très efficace Mme Maldonado, commissaire de police à la section financière de l'antenne Police judiciaire de Nice, et de son équipe.

Les heures de travail avec cette femme officier de police judiciaire avertie se sont accumulées ces temps-ci, les gardes à vue succédant aux gardes à vue et les interrogatoires aux interrogatoires.

Une fois de plus, en effet, on peut tirer de cette

affaire le même enseignement que pour d'autres malversations similaires, à savoir que certains délits générateurs de profits colossaux ne peuvent être commis, de par la complexité des mécanismes en jeu, que dans le cadre de réseaux d'influence parfaitement organisés.

Les faits remontaient à plusieurs années. Un illustre hôtel de la Côte d'Azur avait été légalement démoli pour laisser place à une luxueuse résidence hôtelière.

Rien ne ressemble plus à un immeuble d'habitation qu'une résidence hôtelière, à ceci près que le plan d'occupation des sols de la commune concernée autorisait une construction beaucoup plus importante dans la première hypothèse. D'où la tentation de changer la destination des lieux. Bien sûr, cela supposa quelques mécanismes frauduleux de transferts et de rachat de droit à bâtir, qui aboutirent à un permis de construire majoré de plusieurs centaines de mètres carrés. Commercialisées à 100 000 francs le mètre carré, ces surfaces supplémentaires représentent évidemment des plus-values énormes, à faire pâlir n'importe quel braqueur de banque, et en tout cas, génèrent avec facilité l'argent de la corruption.

C'est justement une grande banque internationale qui se trouvait au cœur du sujet. Après avoir financé à hauteur de 500 millions de francs, pour ce projet, un mystérieux ressortissant arabe, lequel ne lui avait jamais remboursé la moindre échéance, elle avait acquis l'immeuble à la barre du tribunal après avoir elle-même initié la procédure de saisie. Elle se retrouvait donc propriétaire d'une résidence hôtelière inexploitée. Il ne restait plus qu'à obtenir du conseil municipal l'autorisation de la revendre par appartements, par le biais d'un changement de destination, et à encaisser un « jackpot » d'environ 500 millions de francs !

Une telle autorisation illégale suppose néanmoins de franchir de nombreux obstacles : le dossier doit être instruit par des fonctionnaires municipaux avant d'être soumis à l'appréciation des élus, puis d'être contrôlé par les fonctionnaires de la Direction départementale de l'Équipement sous le contrôle du préfet.

Les investigations diligentées par Mme la commissaire, de Londres à Paris, de Genève à Monaco, ou encore de Nice au Luxembourg, permirent d'établir qu'une fois encore quelques sommes en espèces, savamment investies, avaient fait plus pour la cause des promoteurs que de longs développements techniques ou juridiques.

Ainsi ce mois de juillet se terminait-il, pour la jeune mère de famille policière et moi-même, avec cette galerie de personnages désormais coutumiers : fonctionnaires timorés, élus corrompus, préfet sachant mais passif, intermédiaires douteux mais parfaitement au fait des mécanismes du blanchiment de l'argent sale.

Je n'imaginais cependant pas que cette procédure pouvait représenter, aux yeux des acteurs de cette grande délinquance organisée, une procédure de trop et je n'avais aucune idée des contre-attaques violentes qui se préparaient contre moi dans la moiteur de ce mois d'août.

Mon homologue Jean de Maillard, magistrat respecté et grand spécialiste de la criminalité organisée en Europe, se plaît à rappeler la formule de notre collègue Vaudano selon laquelle « la mafia d'aujourd'hui ne cherche plus à assassiner un juge embarrassant : elle préfère le discréditer ». Le juge Vaudano, du tribunal de Milan, en a du reste fait l'expérience, lui qui dut affronter pas moins de trois procédures disciplinaires avant de mener à bien sa mission dans l'opération *Mani pulite*, que nos journaux ont traduite par « opération Mains propres ».

En tout cas, la justesse de ces propos concernant la mafia se concrétisa pour moi, dès mon retour de vacances, par l'ouverture parfaitement orchestrée de trois fronts d'attaque, à quelques jours d'intervalle.

*
**

Un étrange hasard a voulu que ce pénible épisode coïncide avec un tournant de ma carrière professionnelle : le moment précis où j'ai dû déménager de l'obscur cagibi qui m'avait pendant près de douze années tenu lieu de bureau à l'intérieur du vieux tribunal de grande instance de Grasse, dans les Alpes-Maritimes, pour m'installer dans les locaux ultramodernes du nouveau palais de justice local. Sans être de tempérament nostalgique, je ne pouvais m'empêcher de regretter l'unique porte d'entrée et l'inévitable salle des pas perdus qui obligeaient professionnels et visiteurs de l'ancien tribunal à un minimum de contacts humains.

Les deux années précédant cet emménagement avaient été encombrées par de lourds et nombreux dossiers de corruption concernant la ville de Cannes et impliquant plus de trente personnes, dont le très médiatique maire, Michel Mouillot. Incarcéré en juillet 1996 pour près de dix-huit mois, celui-ci, au fil des mises en examen, avait fini par voir en ma personne la concrétisation de sa déconfiture.

Selon une méthode de défense sur laquelle je n'ai pas à me prononcer, les conseils de Michel Mouillot ont choisi d'éviter d'affronter le fond du dossier et de retarder par des artifices procéduraux l'avancement de l'instruction, pendant qu'on salissait l'honneur du juge, à n'importe quel prix. J'étais informé, par plusieurs de ses meilleurs représentants, que M. Mouillot et ses conseils faisaient le tour de France de la presse d'actualité pour tenter d'obtenir ma prise à partie, sur le fondement d'accusations fantaisistes, s'appuyant sur des ragots colportés à mon sujet par de prétendus témoins, et avec l'appui des relations maçonniques du maire.

Je ne fus donc pas surpris d'apprendre que le même Mouillot venait de déposer contre moi une plainte avec constitution de partie civile, du chef de trafic d'influence. Pour les personnalités politiques placées sous le feu d'enquêtes judiciaires, il est bien évident que si des actes répréhensibles ont envahi leur parcours, c'est forcément la faute du juge ! Le sentiment d'impunité qu'ils se sont forgé en côtoyant les plus hauts policiers et magistrats de leur circonscription sur les marches du palais des Congrès du Festival du film ou dans les loges d'honneur des stades de football, voire au sein des séances occultes de la franc-maçonnerie, les amène à considérer comme un crime de lèse-majesté le fait, pour un simple juge d'instruction, de conduire normalement sa mission.

Les deux autres coups qui me furent donnés en ce mois de septembre 1999 se révélèrent beaucoup plus douloureux, car ils étaient partis de l'intérieur même de l'institution judiciaire.

Le premier m'atteignit, alors que je n'avais pas encore terminé de défaire les cartons de dossiers constituant le stock de mon cabinet, sous la forme d'un appel téléphonique.

– Tu as vu *Le Journal du dimanche*, hier ?

– Non, pourquoi ?

– Tu devrais le regarder : ils parlent de toi !

De fait, l'hebdomadaire parisien venait de

publier un long article à sensation qui annonçait l'imminente mise en examen d'un juge d'instruction de Grasse. J'y étais présenté comme soupçonné de complicité dans une sombre affaire de trafic d'armes, en relation avec une fructueuse instruction judiciaire qui ne m'avait valu que des félicitations, près de dix ans plus tôt !

Dès le lendemain, le second coup m'était rapporté par des collègues du Syndicat de la magistrature, dont je n'étais pourtant pas membre, mais qui m'appelaient quand même de Paris pour me proposer leur aide.

– Vous savez qu'une procédure disciplinaire se prépare aussi contre vous ?

– À propos de cette ridicule histoire de munitions ?

– Non, de tout autre chose : il s'agirait d'un courrier adressé à Bernard Tapie...

Effectivement, je m'étais un jour senti tenu de délivrer une attestation à celui-ci dans le cadre des litiges l'opposant au Crédit Lyonnais. Et voici que son ancienne adjointe sur la liste électorale Énergie-Sud devenue garde des Sceaux, Mme Élisabeth Guigou, entendait m'en faire grief devant le Conseil supérieur de la magistrature !

Avec le recul, ces accusations peuvent paraître ubuesques. Mais, dans ma solitude, chacun peut comprendre que j'aie été profondément ébranlé par cette avalanche de nouvelles aussi catastrophiques qu'inattendues. La réputation de justice et d'intégrité constitue en effet le bien le plus précieux d'un magistrat. S'y attaquer ne permet pas seulement d'entraver sa carrière, mais peut briser son existence.

Dans de telles circonstances, j'ignore aujourd'hui si j'aurais pu, seul, échapper au sort qui m'était fait, sans le soutien, d'autant plus fort qu'insoupçonné, des plus éminents de mes collègues – qui se reconnaîtront –, d'une grande partie de la presse, et surtout de nombreux justiciables anonymes.

J'ai choisi de redresser la tête et si, dans le passé, le secret lié à l'enquête, l'interdiction de critiquer les décisions de justice et mon obligation de réserve ont pu laisser croire à certains que je serais facile à abattre, ils n'en seront que d'autant plus déçus.

Le rapport de saisine du 6 septembre 1999, signé par Mme Guigou, garde des Sceaux, et ordonnant ma comparution devant la formation disciplinaire du Conseil supérieur de la magistrature, comporte en préambule le résumé de dix-huit ans de carrière ; quatre dessaisissements me sont reprochés comme une croix qu'il me faudra éternellement porter. Qu'importe ! Mes défenseurs, Mme Anne Crenier, présidente du Syndicat de la magistrature, Me Patrick Rizzo du barreau de Nice, Me Ursulet du barreau de Paris, Me Gouze, bâtonnier de Marmande, et Me Barrillon, du barreau de Genève, feront de ces quatre dessaisissements les points forts de leur argumentation.

Qui plus est, ils obtiendront, pour la première fois dans l'histoire de cette juridiction, que je sois jugé publiquement, et non en catimini, comme un magistrat honteux et rougissant d'avoir à répondre d'un excès d'alcool ou d'un geste déplacé à l'égard d'une greffière.

C'est dans le même esprit, et pour reconquérir mon honneur injustement contesté, que j'ai choisi de publier le présent livre.

C'est aussi pour essayer de comprendre comment j'ai pu me retrouver dans pareille situation après avoir consenti tant d'efforts et de sacrifices personnels.

C'est enfin pour apporter mon témoignage sur la fragilité de l'institution judiciaire confrontée aux pires assauts de toutes sortes d'organisations mafieuses, politiques, financières ou criminelles.

II

Une promotion nommée « Juge Michel »

Chez les juristes, on a coutume de plaisanter en disant qu'il faut autant se méfier des magistrats qui le sont devenus par goût de juger leurs semblables que des infirmières attirées par la passion de faire des piqûres. Dans ce cas, mon itinéraire a commencé de manière plutôt rassurante. La vocation de juger ne m'est en effet nullement venue de manière précoce.

Bien sûr, mon père était un peu du métier, en sa qualité de greffier en chef à la cour d'appel de Poitiers, dans la Vienne. Mais, descendant d'une modeste famille d'immigrés espagnols en Algérie, il se considérait tout au plus comme l'un des premiers parmi les obscurs auxiliaires de justice locaux. Plus que la petite notabilité qui lui avait valu les décorations de l'ordre national du Mérite puis de la Légion d'honneur, c'est sa légendaire serviabilité qui attirait parfois à la maison certains magistrats d'un rang social plus élevé que le sien. S'il rêvait de me voir un jour m'imposer parmi eux, la vérité m'oblige à reconnaître qu'eux ne m'en imposaient guère...

Il faut dire que le hasard a voulu que j'aie dix-sept ans en mai 1968. Lycéen peu engagé, ne comprenant pas grand-chose aux fameuses révoltes de cette période, je n'en ai pas moins couru toutes les manifestations poitevines. J'y ai même connu un instant de gloire en étant photographié au milieu d'un groupe de camarades lors de notre arrestation par des CRS qui devaient nous conduire au poste de police pour la rituelle cérémonie du prétendu « contrôle d'identité ».

Les modes et les mentalités de cette époque ont dû me pousser, après mon baccalauréat, vers des études débouchant sur une maîtrise en psychologie expérimentale et une maîtrise en psychopédagogie. Parallèlement devenu père de famille, de manière sans doute un peu précoce, j'ai dû ensuite travailler sans plus tarder. J'ai donc sollicité le premier poste à ma portée, à savoir un emploi de conseiller d'orientation dans un établissement peu éloigné de Poitiers, le lycée expérimental de Montmorillon, dans la Vienne. J'y ai vécu cinq bonnes années au milieu d'adolescents dont je comprenais d'autant mieux les difficultés que je devais encore leur ressembler.

C'est là que la Justice est venue me dénicher. Au Centre d'information et d'orientation de Montmorillon, j'avais affaire non plus à la diversité des prétentieux magistrats rencontrés jusque-là mais, occasionnellement, à un seul type de personnage omnipotent : le juge pour enfants, tour à tour chargé d'instructions, de décisions et d'applications. Fraîchement émoulus de leur grande école, ceux que j'ai côtoyés alors m'ont fait l'effet d'être peu aptes à comprendre les problèmes de jeunes moins favorisés qu'eux-mêmes. Ils me semblaient avoir plus appris à punir qu'à prévenir, à sanctionner qu'à protéger, à mettre hors d'état de nuire qu'à aider. Leur exemple m'a d'autant plus attiré vers la magistrature que je pouvais avoir la présomption de me dire que ma formation universitaire pourrait servir à m'acquitter honorablement de telles fonctions.

La place de juge pour enfants, par ailleurs, m'est brusquement apparue accessible. Peu intéressé jusque-là par cette carrière, je venais seulement de découvrir, en effet, que tous les candidats à l'ENM, l'École nationale de la magistrature de Bordeaux, ne sont pas exclusivement de jeunes étudiants. À l'examen d'entrée de celle-ci, qualifié de « concours externe », un « concours interne » ajoute une ouverture de plus en plus nécessaire en faveur de certains professionnels déjà en poste et donc plus âgés. De surcroît, l'administration publique offre à tous ses fonctionnaires la possibilité de se préparer à l'ENM – comme pour l'École nationale d'administration – pendant un ou deux ans à ses frais, puisqu'elle maintient alors l'intégralité de leur ancien traitement. Mieux encore, pour ceux qui sont aussi dépourvus de connaissances juridiques que je l'étais, elle offre gracieusement des cours à la faculté de droit de Grenoble.

Dans ce cas pourquoi pas moi ? Je ne voyais plus d'objection à faire ainsi plaisir à mon père. Modeste fonctionnaire de terrain, je ne trouvais qu'avantage à rivaliser avec les arrogants théoriciens du droit que j'avais connus jusque-là...

De mes années à Grenoble, entre 1977 et 1979, je garde le souvenir d'une existence frugale et laborieuse de séminariste. À vingt-six ans, j'avais rejoint un groupe d'une vingtaine de garçons et filles aussi mûrs que moi. Nous ne partagions donc pas la mentalité de joyeux potaches de la plupart des jeunes qui nous entouraient. Dans une ambiance fiévreuse comme celles des carabins ou des khâgneux, nous potassions aussi dur le jour en amphi que le soir dans nos turnes.

Je m'étais plus spécialement rapproché de deux de mes condisciples, particulièrement résolus à changer de vie. Père de famille comme moi, Marc Noguéras était un ancien policier de la DST – la Direction de la surveillance du territoire. Michel Turc était pour sa part éducateur à l'Administration pénitentiaire. Je leur dois une immense gratitude pour avoir été si souvent capables de me faire réviser nos cours, tout en calmant parfois un bébé sur leurs genoux.

Un troisième personnage est demeuré gravé dans ma mémoire. Il venait d'être nommé juge d'instance à Lyon, et ce jeune « ancien », de la même filière que nous, était venu nous décrire le cursus qui nous attendait et surtout nous rassurer au sujet du redoutable concours d'entrée à l'École nationale de la magistrature. Il s'était acquitté de ces missions avec une élégance qui laissait augurer une brillante carrière, dont il a été privé.

Il s'appelait Yves Le Friand. Beaucoup plus tard, je l'ai reconnu comme étant cet homme radié de la magistrature sous prétexte d'avoir « porté atteinte à l'honneur de ce corps » en s'attachant à une prostituée qui finit par se suicider pour le libérer de son amour... Quand les médias ont parlé de lui, je n'ai pas eu le réflexe de le rechercher comme j'aurais dû le faire. S'il lit un jour ces lignes, qu'il sache à quel point je me suis si souvent, depuis, senti proche de lui.

Après deux ans de peines et de privations, d'angoisses et d'espoirs, nous avons presque tous réussi le concours d'entrée à l'ENM. Dès lors, pendant deux autres années modestement rémunérées, 1980 et 1981, nous allions porter le titre singulier d'« auditeurs de justice ». C'est donc tout joyeux que j'ai emménagé au foyer de Talence, dans la banlieue de Bordeaux, qui pouvait nous héberger.

Notre déception devait se révéler à la hauteur des espérances que nous nous étions forgées à force de rêver à l'inaccessible temple de l'École de la magistrature. Nous avons rapidement compris que les quelques mois à passer à Bordeaux nous paraîtraient interminables et nous attendions avec d'autant plus d'impatience de nous rendre sur le terrain pour entamer notre formation pratique. De plus, le fossé entre les « anciens » issus du concours interne et les cadets venus directement de la faculté grenobloise s'était transformé en gouffre. Tout nous confirmait que nous n'appartenions décidément pas au même monde.

La preuve en était donnée à chacun de ces beaux jours où nos directeurs d'études nous annonçaient avoir invité quelque éminente personnalité à s'entretenir avec nous. Alors que mes amis et moi gagnions les salles de classe largement à l'avance, certains de nos cadets s'éclipsaient en direction de la plage !

Parmi les nombreux exemples du décalage entre eux et nous, j'ai notamment retenu la fois où l'atelier dont je faisais partie a été prié d'étudier les procès-verbaux, rendus anonymes, d'une authentique affaire de viol. Le magistrat détaché pour nous y servir de maître de conférence nous a demandé de réfléchir individuellement aux réquisitions que nous croirions devoir présenter à la place de l'avocat général. Mes amis et moi n'avions pas fini de soupeser les interrogatoires portant sur la personnalité de l'accusé et les circonstances exactes du crime quand j'ai eu la stupeur d'entendre de jeunes condisciples trancher :

– Pour moi, ça serait quinze ans de réclusion criminelle.

– Moi, je me contenterais de huit années.

– À mon avis, ça en vaut plutôt douze...

Leur siège était fait, vite fait, à tous ces apprentis Fouquier-Tinville ! Et le pire était que la plupart de nos soi-disant pédagogues y voyaient la marque de caractères bien préparés à ce qu'ils qualifiaient pompeusement de « prise de décision »... Il est vrai qu'en lieu et place des obscurs techniciens que nous ressentions l'impérieux besoin de harceler de questions élémentaires, nous nous trouvions le plus souvent confrontés à de prétendues vedettes essentiellement pénétrées du contentement d'elles-mêmes.

Je l'ai vérifié, par exemple, le jour où un juge pour enfants, venu à son tour nous commenter un cas réel, a péroré :

– Il ne paraît pas mauvais de donner à de tels voyous un petit aperçu de ce qu'est réellement la prison !

– Croyez-vous vraiment ? s'est ému mon ami Michel Turc.

– J'en suis sûr, oui. Pas vous ?

– Non, pas du tout.

– Et l'on peut savoir ce que vous préconiseriez, vous, monsieur l'avocat des loubards ?

– En tant qu'ancien de la pénitentiaire, je ne vois pas de quel droit, pour un simple vol avec récidive, vous prétendez condamner un môme de quinze ans à aller en taule se faire sodomiser...

Le senior enseignant a blêmi. Il n'avait probablement jamais envisagé une telle hypothèse.

La plupart des séances orchestrées par des mentors de son acabit ne se révélaient pas aussi riches en leçons. Aussi avions-nous hâte de faire alterner nos six mois de théories fumeuses avec nos dix-huit mois de stages sur le terrain.

Pour ces stages, tandis que mon ami Marc Noguéras se trouvait affecté au tribunal de grande instance de Lyon, l'un de nos camarades communs, Michel Debacq, partit à Marseille au cabinet d'un magistrat instructeur que ses actions contre les trafiquants de drogue internationaux commençaient à faire connaître : le juge Pierre Michel, bientôt réputé pour avoir démantelé la « Sicilian », la « Canadian », voire la « Pizza Connection »...

Pour ma part, j'ai plus paisiblement obtenu de rejoindre ma famille à Poitiers. Passant d'un cabinet à l'autre, entre deux retours à Bordeaux, c'est donc dans ma cité natale que j'ai progressivement découvert la plupart des aspects de notre métier : les fonctions du substitut et celles du procureur, du juge d'instruction, du juge d'instance, du juge aux affaires familiales, du juge pour enfants, du juge d'application des peines, du juge de la mise en état...

Dès le début de mes stages, deux hommes ont beaucoup compté à mes yeux. Quand j'ai retrouvé le premier, le juge d'instruction Jean-Paul Jean, je l'ai d'abord reconnu comme étant l'un des aînés avec lesquels j'avais fait les quatre cents coups sur les barricades de mai 1968, et je l'ai beaucoup amusé en lui apportant la photo qui nous montrait tous deux appréhendés par des CRS ! Le second, Patrice de Charette, était déjà célèbre dans toute la France, moins comme descendant d'un fameux chef chouan et proche parent d'un ministre de la République qu'en qualité de prétendu « petit juge rouge », auteur de la première arrestation d'un patron responsable d'un accident du travail, puis inspirateur et animateur du progressiste et contestataire Syndicat de la magistrature.

Jean-Paul et Patrice m'ont apporté précisément ce qui m'avait manqué à Bordeaux : la confirmation qu'un magistrat gagne toujours à rester humain, à douter des évidences trop flagrantes, à consacrer le temps nécessaire à l'étude approfondie de dossiers même apparemment anodins, à refuser les dénouements préconçus et à rechercher des solutions assez novatrices pour mieux servir à la fois les victimes et les auteurs des méfaits. Auprès d'eux, j'ai découvert combien la sanction pénale peut se montrer sévère contre un individu qui comparaît hirsute et mal lavé après des heures de garde à vue, alors que la même personne simplement placée sous contrôle judiciaire a une chance de se présenter décemment devant ses juges, en ayant préparé une défense solide et parfois même obtenu le désistement d'une victime indemnisée. Pour faire les bons choix, encore faut-il s'affirmer véritablement indépendant, dans ses pensées comme dans ses actes.

Mais Poitiers m'a aussi remis en mémoire quelques visages moins avenants de la justice. Le président du tribunal m'en a donné un avant-goût le jour où il m'a pris à part pour me dire :

– Alors, Murciano ? D'après ce que j'entends, pour le travail, vos stages se passent plutôt bien... En revanche, il semble que vous posiez un petit problème dont je souhaitais vous entretenir : je comprends volontiers que vous aimiez porter des vestes décontractées comme je le fais moi-même en week-end, mais quand vous traversez le palais de justice, n'oubliez jamais que votre tenue doit rappeler à tous que vous êtes un magistrat...

Ainsi, l'habit faisait le moine et chacun devait garder sa place. C'est ce que m'a rappelé plus vertement encore un autre vieux juge. Non sans appréhension, je me préparais à remplacer auprès de lui un substitut de procureur lorsqu'il a envoyé l'un de ses assesseurs m'avertir :

– Le président ne veut pas que tu requières à cette audience...

– Ah bon, pourquoi ?

– Parce que tu ne lui as pas encore été présenté.

– Mais... je le connais depuis vingt ans ! Il venait souvent voir mon père.

– N'empêche...

Aussi stupéfait qu'embarrassé, j'ai rejoint cette vieille connaissance en chambre du conseil pour bégayer :

– Monsieur le Président, si vous me le permettez, je suis...

– Ah non ! Pas vous-même ! L'usage exige que vous me soyez présenté par un magistrat d'un rang au moins égal au mien !

Résigné, je suis donc parti en quête d'un intercesseur convenant à ce désuet protocole. J'ai été d'autant plus étonné d'apprendre, quelques années plus tard, que ce chevalier pointilleux de l'étiquette avait été mêlé à une sordide affaire de mœurs sur la voie publique...

Sur le moment, de tels incidents m'ont poussé à conclure que nul n'avait intérêt à être juge en son propre pays. Le fait d'y être connu de tous ne vous expose d'ailleurs pas seulement à de fastidieuses consultations juridiques d'après-dîner, il vous vaut d'être harcelé de sollicitations et de pressions en tous genres. Sans oublier d'inévitables malentendus et quiproquos, comme le jour où l'un de mes anciens copains de classe a été arrêté pour une affaire de recel de haschisch. Me croisant dans un couloir, il m'a lancé avec un clin d'œil complice :

– Alors, tu es tombé ? Toi aussi...

De Poitiers, j'avais généralement envie de retourner à Bordeaux. De Bordeaux, j'avais toujours hâte de rentrer à Poitiers. Pourtant, les retrouvailles périodiques, que nous appelions « les regroupements », ont sans doute compté parmi les éléments les plus fructueux de nos formations. Nous y discutions nos observations autant que nous y échangions nos expériences.

À chacune de ses arrivées de Marseille, notre ami Michel Debacq, lui, nous donnait quelques échos de l'action du juge Pierre Michel, qu'il assistait avec passion. Pour ce que nous en apprenions, les grands succès que ce magistrat remportait contre le banditisme contrastaient avec les petites tracasseries que lui infligeait l'administration. Mais rien ne nous avait préparés au dénouement intervenu ce 21 octobre 1981 où un camarade est accouru en criant :

– Vous avez entendu la radio ?

– ...

– Ils ont assassiné le juge Michel !

Atterrés, nous sommes restés longtemps silencieux.

Beaucoup plus tard, incapables de reprendre nos cours normalement, nous avons collectivement voté que notre promotion 1980-B, à l'École, adopterait le nom de la victime. En hommage au rare courage d'un magistrat comme il y en avait encore trop peu.

Pour moi, je crois bien que ce moment a marqué le brusque changement de mon orientation. J'étais venu à la magistrature pour y exercer le métier de juge des enfants à Poitiers et, du jour au lendemain, je n'ai plus pensé qu'à devenir juge d'instruction dans le Midi...

*
* *

Je me suis retrouvé juge d'instance à Lorient, dans le Morbihan, en 1982 et pour plus de cinq ans.

Encore imprégnée des grands principes soixante-huitards, notre promotion s'était en effet refusée à se répartir les postes disponibles selon le rang de classement au concours de sortie, ainsi que l'aurait commandé la belliqueuse tradition des grandes écoles. Chacun s'était donc engagé à choisir son affectation selon des critères moins hiérarchisés, par exemple les commodités familiales et géographiques de l'un ou de l'autre. Mais, comme la plupart d'entre nous souhaitaient quand même s'adjuger l'un des rares postes d'instruction au soleil, beaucoup risquaient de ne bientôt plus trouver à se rabattre que sur un parquet dans le Nord. Moi, je supportais désormais aussi mal l'idée d'être soumis à la hiérarchie qui rend les procureurs interchangeables que de participer à un collège de juges réunis pour ne pas assumer la responsabilité de décider seuls. J'ai donc préféré viser à mi-chemin : un humble poste au siège en Bretagne, que nul n'a songé à me disputer.

Je n'ai pas eu à m'en plaindre. La ville de Lorient a son charme et le métier de juge au tribunal d'instance, son intérêt. Le juge au tribunal d'instance, magistrat unique de cette juridiction d'exception, était naguère plus joliment appelé « juge de paix », parce qu'il participe de plus près qu'aucun autre à l'harmonisation de la vie quotidienne des gens. Avant tout procès, il les réunit pour tenter de concilier les parties au sujet des multiples petits litiges de la consommation, du logement ou du travail, dont il est saisi. Il règle parfois de véritables drames et contribue à faire évoluer la société en même temps que les jurisprudences.

Ce métier-là, qui venait satisfaire de manière très diversifiée mon goût initial pour l'action sociale, m'a autant passionné qu'appris. Normalement chargé en affaires, je parvenais à m'organiser librement de longues heures de travail matinales tout en préservant un peu ma qualité de vie, par exemple en allant jouer au tennis quatre fois par semaine à l'heure du déjeuner. Et les notations que m'accordaient alors mes présidents de tribunal d'instance et de grande instance ne s'en affirmaient que de plus en plus élogieuses.

Mais les fonctions de l'instruction ne m'en attiraient pas moins. J'étais convaincu que ma formation psychologique ferait de moi un bon conducteur d'interrogatoires. Et j'avais plutôt envie d'affronter la délinquance organisée, le grand banditisme, que je ne connaissais en fait qu'au travers des nombreux films policiers, romans noirs, ouvrages documentaires et dictionnaires d'argot dont j'étais si friand.

Je consacrais d'autant plus volontiers une partie de mes vacances à garder le contact avec les amis qui m'avaient précédé dans cette voie. Notamment avec Marc Noguéras qui était rapidement parvenu à se faire muter juge d'instance à Cannes, puis magistrat instructeur à Grasse. De sorte que je me trouvais prêt pour le suivre, ce jour de 1988 où il m'a appelé.

– Allô, Jean-Pierre ? Salut ! Tu veux toujours passer juge d'instruction ?

– Bien sûr, Marc ! Bonjour.

– Eh bien, j'ai peut-être quelque chose pour toi : un poste qui doit bientôt se libérer, ici...

« Ici », c'était donc la Côte d'Azur. J'ai au moins deux bonnes raisons de ne jamais oublier cette mutation. La première, c'est que mon ami Marc Noguéras devait mourir l'année suivante, à tout juste trente-neuf ans, d'un mystérieux « arrêt cardio-respiratoire » que les médecins n'ont prétendu expliquer que par le surmenage lié à sa tâche. Accessoirement, ma seconde raison de me souvenir est que ce simple coup de fil allait déterminer une partie de ma destinée en la consacrant à continuer un combat que mon ami avait poursuivi avant moi contre de nouveaux « frères de la Côte »...

III

Pas d'indigents sur la Croisette !

Par contraste avec le tragique assassinat du juge Michel, le grouillant petit monde du banditisme et de l'escroquerie dont j'ai fait la connaissance dès mon installation dans mon bureau sombre et exigu de l'ancien palais de justice de Grasse, le 1er janvier 1988, s'est d'abord présenté à mes yeux sous un aspect plutôt débonnaire. Le matin même de ma prise de fonction, sans qu'on me laisse le temps de consulter les dossiers laissés en suspens par mon prédécesseur, j'ai été saisi d'une information ouverte à la suite du cambriolage d'une villa de la région. La vieille dame qui avait constaté ce cambriolage en rentrant chez elle avait eu la présence d'esprit de signaler aux enquêteurs qu'elle avait croisé juste auparavant une voiture étrangère au quartier.

– C'était une belle Mercedes « Pagode » décapotable dont je n'ai malheureusement pas eu le réflexe de relever le numéro, avait-elle précisé. Mais j'ai remarqué que son conducteur, un monsieur aux cheveux gris, m'a très courtoisement saluée...

Les moindres pistes méritant d'être explorées et les coupés de ce genre n'étant guère répandus en hiver, l'automobile suspecte est bientôt localisée. Avec d'autant plus d'intérêt que son élégant vieux propriétaire se révèle avoir naguère fait partie du fameux gang des Lyonnais. Ses antécédents judiciaires le classent même comme l'un des meilleurs spécialistes du forçage de coffres-forts. Cela justifie par conséquent que je délivre une commission rogatoire plaçant sa ligne téléphonique sous écoute judiciaire.

Cette surveillance ne donne guère de résultat, à l'exception du soir où un inconnu appelle d'une voix surexcitée.

– Dis donc, tu as la télé, là ?

– Oui. Elle est devant moi.

– Alors, allume vite la Trois : ils redonnent *Le Casse*.

– Voilà, j'allume... Ah, ça... c'est sympa !

Ensuite, les deux interlocuteurs commentent en direct – et en argot – ce film qu'ils semblent avoir déjà regardé cent fois. Avec nostalgie, ils y repèrent et soulignent plusieurs détails qui leur paraissent justes. Avec indignation, ils protestent contre certaines inventions des scénaristes avant de conclure :

– Ah... Faut toujours qu'ils exagèrent ! Toi et moi, on est bien placés pour savoir que ce coup-là ne s'est pas passé comme ça, parce qu'on n'aurait jamais risqué les assiettes avec une sulfateuse...

En français, cela veut dire qu'ils n'auraient jamais brandi de mitraillette, par crainte de se rendre passibles de cour d'assises !

Au sujet de mon dossier de cambriolage, en revanche, les deux complices n'échangent pas le moindre mot. Amateur autant qu'eux de films noirs et de langue verte, je me résous à faire interpeller mon « casseur » invétéré. À ma grande surprise, il avoue sans réticence :

– Écoutez, il est exact que c'est moi qui me suis laissé bêtement convaincre de conduire un monte-en-l'air à votre villa... Je peux vous dire qui c'est, si vous y tenez. Mais personnellement, parole d'homme, je n'ai rien fait d'autre. Je me suis acheté une vraie conduite, depuis que je me suis rangé des voitures ! Et ce n'est quand même pas ma faute si tous les malfrats mis au vert viennent me relancer chaque fois qu'ils trouvent un coup foireux à monter !

J'ai vérifié par la suite qu'il ne m'avait pas menti. Sur la Côte d'Azur, les vieux malandrins eux aussi essayent donc de prendre leur retraite. Et ils se révèlent souvent moins nuisibles que certains soi-disant honnêtes gens qui y débordent d'activité...

*
**

Mon initiation à de plus troubles pratiques devait commencer, peu après, par une étrange démarche. Réputé à la fois homme intelligent et enquêteur de talent, un lieutenant-colonel de la gendarmerie, commandant la section de recherche d'Aix et Marseille, a demandé que je le reçoive. Et sa visite m'est aussitôt apparue n'être pas de pure courtoisie, puisqu'il m'a dit :

– Monsieur le juge, comme vous venez d'arriver, je suppose que vous n'êtes pas trop pressé d'avoir des ennuis. C'est pourquoi j'ai pensé à vous consulter sur une affaire délicate à propos de laquelle votre prédécesseur nous avait délivré commission rogatoire. Voici une copie du dossier que vous allez trouver dans vos placards. Étudiez-le, puis dites-moi ce que vous souhaitez que j'en fasse...

– Je ne vous comprends pas bien : puisque vous en étiez déjà chargé, qu'est-ce qui vous gêne ?

– J'ai cru plus sage d'attendre votre décision : si vous voulez prendre le risque de mener l'affaire à son terme, naturellement, j'ai les hommes qu'il faut pour ça ; mais je dispose aussi d'autres personnels, mieux appropriés, si vous préférez que nous ne trouvions rien...

– Je crois comprendre, à présent. Dans ce cas, mettez donc sans attendre vos meilleurs limiers sur le coup. Je vous promets d'étudier le dossier au plus vite !

Il part, l'air satisfait, me laissant fort intrigué...

Pour gagner du temps, je m'en vais interroger sur cette affaire le substitut du procureur indiqué comme se trouvant à son origine. Il se récrie aussitôt :

– Ne me parle pas de ce truc-là ! J'ai eu le malheur d'ouvrir l'information un week-end où j'étais de permanence... Et ça m'a valu dès le lundi de me faire taper sur les doigts !

– Qu'est-ce que ça a donc de si explosif ? Ça concerne un ministre ? Un haut fonctionnaire ?

– Pas exactement, c'est plus subtil. Mais tu vas voir par toi-même...

À ma grande surprise, le dossier ne met d'abord en cause qu'un simple clochard. Interpellé pour avoir mis le feu à des cartons sur le parking d'un supermarché, celui-ci a déclaré avoir voulu se venger des hommes qui s'étaient emparés de lui en pleine rue pour le rosser avant de le jeter sans ménagement sur le territoire d'une commune éloignée. Cet épisode d'« enlèvement » n'étant pas le premier, le procureur a cru devoir ouvrir une information, du grave chef de « séquestration ».

En fait, les responsables faisaient partie de... la police municipale ! Les gendarmes de la section de recherche ont vite établi que, dans leur zèle pour débarrasser l'un des plus beaux boulevards du monde de tels indésirables, ces policiers avaient expulsé plus d'une centaine de sans domicile fixe, allant jusqu'à en déposer certains dans le massif de l'Estérel, au risque de les tuer. De quoi justifier amplement leur arrestation immédiate.

Reste à établir l'identité des donneurs d'ordre. Une simple perquisition à l'hôtel de ville me suffit pour faire saisir les instructions rédigées à l'intention des policiers municipaux – et personnellement signées par le maire de l'époque. L'inculpation de celui-ci, comme l'on disait avant que le terme de « mise en examen » ne soit imposé par le Parlement, semble dès lors inéluctable. À ceci près qu'une disposition spéciale de l'ancien code pénal, alors toujours en vigueur, prévoyait le « dépaysement » vers une autre circonscription judiciaire de tout dossier mettant en cause un élu local. Ce fameux « privilège de juridiction », très restreint depuis par le nouveau code de procédure pénale, était censé mettre les magistrats à l'abri des pressions de notables prévenus, eux-mêmes ainsi protégés en retour contre les rancunes de leurs administrés.

Conformément à la procédure de l'époque, sitôt le dossier bouclé, je m'en dessaisis donc au profit du procureur de la République de Grasse, à charge pour lui de saisir la chambre criminelle de la Cour de cassation, seule habilitée à désigner une nouvelle juridiction.

À ce stade, pour ma part, j'étais plutôt satisfait. Je venais d'apprendre que les policiers municipaux sont à la fois beaucoup plus nombreux et plus lourdement armés sur la Côte que partout ailleurs en France. J'avais en outre vérifié que d'hypothétiques réticences de la hiérarchie judiciaire ne suffisaient pas à bloquer une information résolument menée en toute indépendance. Du moins était-ce ce que je croyais...

En fait, je devais découvrir plus tard que mon accablant dossier n'avait pas quitté le bureau du procureur de Grasse. Interrogé à ce sujet, celui-ci avait objecté que le code de procédure pénale ne lui imposait aucun délai de transmission précis lorsqu'il s'agissait de l'inculpation d'un élu. Interprétant d'une manière très personnelle le principe de sa propre responsabilité dans l'établissement de l'opportunité des poursuites, il avait différé l'affaire jusqu'aux élections municipales de 1989, où le maire allait perdre son siège.

À partir de là, cette vieille histoire présentait bien moins d'intérêt, puisqu'il était devenu impossible de déterminer si sa révélation aurait contribué à faire battre le candidat, ou si elle aurait tout au contraire favorisé sa réélection, comme j'ai aujourd'hui les meilleures raisons de le supposer... Tout au moins cet épisode bénin a-t-il attiré mon attention sur le fait qu'un magistrat instructeur ne peut jamais être assuré des suites qui seront données aux infractions qu'il décèle.

*
**

Rarement soutenu par le parquet, j'ai du moins eu la chance de généralement pouvoir compter autant sur les policiers nationaux que sur les gendarmes.

Je dois en particulier beaucoup à l'ancien inspecteur Roland Ségeard. Ce grand professionnel avait participé à des opérations aussi retentissantes que la prise d'otages à l'ambassade d'Irak – où il avait eu la douleur de voir l'un de ses collègues mourir dans ses bras devant les caméras des télévisions –, la poursuite des ravisseurs du baron Empain ou l'arrestation de Nathalie Ménigon, l'égérie des tueurs du groupe d'extrême gauche Action directe. Et pourtant, une carrière aussi exemplaire ne lui avait valu aucune promotion.

Six mois avant son départ à la retraite, il s'est finalement résigné à présenter le concours d'accès au grade de commissaire de police. Un examinateur a cru pouvoir l'y recaler sous prétexte qu'il avait mal défini les prérogatives des huissiers de justice... Et je ne suis pas sûr que la Légion d'honneur que lui a récemment accordée le président Jacques Chirac ait suffi à cicatriser cette blessure-là.

La confiance et l'appui d'hommes de cette trempe constituent des chances inappréciables pour un magistrat instructeur, qu'il soit débutant ou expérimenté. Encore aujourd'hui, je reste convaincu que l'opinion d'un simple officier de police judiciaire mérite toujours d'être écoutée. Une telle prise en compte ne signifie nullement à mes yeux que le juge se défausse de ses responsabilités, mais il m'a fallu apprendre à travailler avec les enquêteurs plutôt que contre eux, de même qu'il m'a fallu apprendre à travailler sous le regard des journalistes ou malgré eux.

Quoi qu'il en soit, j'avais quitté le tribunal dc Lorient, et des fonctions que j'avais aimé exercer, avec l'espoir de faire du droit pénal dans une juridiction qui s'y prêtait mieux. À cet égard, mes débuts sur la Côte d'Azur étaient loin de me décevoir.

Les dix années qui se sont écoulées depuis ne m'ont pas déçu non plus, et les difficultés rencontrées ne sont jamais venues à bout de ma conviction ni de ma vocation. Les dossiers se sont succédé entre mes mains au rythme effréné de cent à cent cinquante par an, sans que jamais je ne ressente ni démobilisation, ni sentiment de routine.

Cette période ne m'en laisse pas moins des souvenirs douloureux. Je ne parle pas de la charge de travail dont des juridictions comme celle de la Côte souffrent jusqu'à l'asphyxie. Il ne s'agit pas non plus de ce pénible sentiment, jamais apaisé, de perpétuellement mal accomplir sa mission faute de personnels et de moyens, même en se démultipliant, face à la masse des responsabilités, jusqu'à y compromettre ses équilibres personnel et familial. Je pense surtout à l'aspect le moins connu des fonctions des juges d'instruction. Ceux-ci sont aujourd'hui très médiatisés et leur existence même fait l'objet de débats publics qui défrayent régulièrement la chronique. Mais le quotidien de mon métier, celui que personne n'évoque presque jamais, est fait de souffrances, de drames, de violences.

C'est la confession d'un enfant martyr, désemparé d'avoir été violé par un adulte en qui il avait toute confiance.

C'est la mort qui frappe aveuglément une vieille dame, au seul motif que sa vie de labeur a pu laisser croire qu'elle disposait de quelques économies cachées quelque part dans son humble logis.

Ce sont les larmes de ces parents repartant vers la Roumanie avec le cercueil d'un enfant venu chercher le charme illusoire de quelques jours de vacances en France.

C'est encore la reconnaissance démesurée d'une mère à laquelle je viens de signer une autorisation de rendre visite à son fils incarcéré.

Ce sont aussi les tracasseries, les réactions de rejet de son propre milieu judiciaire lorsque l'issue d'une enquête conduit à impliquer des personnalités qui semblaient jouir du bénéfice d'un statut d'impunité.

Avec le recul, je m'aperçois aujourd'hui qu'il n'est possible de surmonter tant d'épreuves, sans même le soutien de sa hiérarchie, qu'à la condition d'être en paix avec sa conscience et d'accumuler, comme j'en ai eu la chance, les témoignages de sympathie d'humbles justiciables : ultime récompense d'une tâche tellement ingrate...

IV

La foire aux pigeons

Étonnante région que cette Côte d'Azur où je vis et travaille depuis maintenant une douzaine d'années. Comment faire comprendre à un Poitevin, à un Breton, voire à un Parisien le climat très particulier, incomparable, qui règne ici ? Sous le soleil qui fait croire à des mœurs plus douces, se multiplient depuis des décennies les jeux de l'argent clair, de l'argent noir et de l'argent gris...

Plus que toute autre région, la Côte exerce un véritable pouvoir d'attraction sur de multiples espèces d'individus aux origines comme aux fortunes aléatoires. Elle fascine spécialement les escrocs de tout poil, chasseurs toujours assurés d'y trouver du gibier en abondance. Parce qu'elles sont révélatrices de la mentalité qui gangrène toute la région, je ne crois pas inutile de décrire quelques-unes de leurs histoires qui ont abouti dans mon cabinet.

*
**

« Le Vieux, la Fille et le Baron » : tel pourrait être l'intitulé d'un film retraçant les épisodes de l'une des escroqueries les plus classiques parmi celles que j'ai rapidement découvertes à mon arrivée dans le Midi. Son scénario la situe, comme presque toujours, dans un décor principal voisin de la Croisette ou de la Promenade des Anglais ; il nécessite une grosse production sous forme de lourds investissements de départ et réclame une préparation pouvant s'étendre sur plus d'une année. Il met en scène deux personnages principaux : le Vieux, naturellement d'âge mûr et le Baron, plus jeune et autant que possible plus séduisant. Leur comparse, la Fille, se doit d'être une jeune personne accorte et court-vêtue, dissimulant aussi peu ses avantages que ses cupidités.

À partir de cette distribution, rien ne peut encore fonctionner sans le puissant ressort que doit constituer l'avidité et le manque de scrupules des futures victimes elles-mêmes. Elles doivent être choisies non seulement parce qu'elles s'annoncent a priori peu regardantes sur la façon de gagner beaucoup d'argent, mais parce qu'elles promettent, aussi et par voie de conséquence, de se révéler peu soucieuses de porter plainte en cas de coup dur. Grâce à une impitoyable sélection en ce sens, la plupart des Vieux et des Barons qui se sont succédé depuis au moins un demi-siècle sur la Côte ont ainsi bénéficié d'une large impunité.

Une fois la victime repérée, le Vieux apparaît, généralement à bord d'une Rolls-Royce avec chauffeur, canne à pommeau en main et poches rembourrées. Dans l'une des affaires de ce genre que j'ai eu à instruire, le personnage se promenait ainsi tout au long de la Croisette d'un luxueux établissement à l'autre, où il réglait ses notes sans rechigner en exhibant d'énormes liasses de coupures suisses.

Au fil des jours, il prend l'habitude de venir déjeuner ou dîner dans l'un des restaurants les plus renommés de Cannes. Sympathique et distingué, il arrive un soir au bras d'une créature moins aristocratique d'aspect, en âge d'être sa petite-fille, mais en état d'avoir avec lui des relations d'une autre nature. Arrosé de champagne, leur repas se déroule au mieux jusqu'à l'approche d'un départ marqué par une large distribution de généreux pourboires.

Sur le pas de la porte, pris d'un soudain malaise, le vieux monsieur s'effondre. Naturellement, patron et garçons se précipitent à son secours, le ramènent à l'abri, lui prodiguent des soins proportionnés à l'épaisseur de son portefeuille. Lorsqu'il revient à lui, il manifeste à tout cet empressé petit monde une gratitude sans bornes, considérant désormais le directeur de l'établissement comme son véritable sauveur.

Une amitié se noue, désormais, entre les deux hommes. Rejoignant le plus souvent seul sa table réservée, le Vieux se laisse aller à des confidences au sujet de sa fortune, de ses activités, de sa jeune maîtresse... Cette pétulante et sulfureuse Latino-Américaine, il avoue la considérer comme la principale, la dernière femme de sa vie. Quand son interlocuteur tente avec précaution de le mettre un peu en garde, manifestement il ne veut rien entendre.

Le vieil amoureux confie un soir qu'il est à la recherche d'un écrin digne du bijou de femme qu'il adore, c'est-à-dire d'une résidence en Belgique pour laquelle il est prêt à investir plusieurs dizaines de millions. De quoi laisser rêveur notre restaurateur-confident, de plus en plus fasciné et totalement confiant.

Sur ces entrefaites surgit dans l'établissement le deuxième personnage. Jeune, flamboyant, un peu impertinent, se plaisant lui aussi à déjeuner ou à dîner en discutant, il finit par proposer au patron d'acheter son établissement pour un prix très au-dessus de sa valeur réelle.

Quelles qu'aient été ses réticences de départ, le restaurateur en vient à se persuader qu'il peut réussir ainsi l'opération de sa vie. Ils s'acheminent donc vers un accord quand le jeune homme révèle son unique réserve :

– Je pourrai régler notre affaire dès que j'aurai vendu une très grande propriété que je possède en Belgique...

Après le barbon, le Baron ! Celui-ci donne adresses et numéros de téléphone au restaurateur avant de s'éclipser pour quelques jours. Convaincu que la ficelle disparaîtra justement derrière son énormité, il spécule déjà sur le fait que désormais, sa future victime va s'activer pour consommer sa propre perte.

Et c'est bien ce qui se passe. Dorénavant nanti d'un vendeur, le Baron, et d'un acheteur, le Vieux, le restaurateur ne tarde guère à imaginer de les mettre en relation. Il organise dans son propre restaurant un premier contact qui se déroule à merveille, au point que le trio décide de partir sans tarder en Belgique pour visiter la demeure.

C'est un somptueux château qu'admire le restaurateur et qui répond au mieux aux desiderata du Vieux. Le Baron les emmène donc chez un complice qui a toutes les apparences du notaire compétent et, le principe de la transaction vite conclu, il ne reste qu'à préparer les actes correspondants. Rendez-vous est aussitôt pris pour la signature et le règlement.

L'intéressée, cette fois, les accompagne. Mais, à peine parvenue à l'étude notariale, la Fille clame qu'elle exige que la propriété soit enregistrée à son nom, sans quoi elle menace de quitter sur-le-champ son vieil amant. En effet, quand le restaurateur, le notaire et le Baron s'accordent pour tenter de convaincre celui-ci de ne pas céder, furieuse, la jeune femme s'en va, en claquant la porte.

Et le cinéma, du même coup, se met à ressembler au théâtre de boulevard. Le Vieux, abandonné, se met à crier :

– Vous êtes des crétins ! Vous venez de ruiner ma vie ! C'est à cause de vos grotesques interventions qu'elle m'a plaqué...

Entre rage et désespoir, il poursuit sa tirade en leur faisant remarquer que, contrairement à eux, lui n'a que faire de l'argent. Il y attache maintenant si peu de prix qu'il se dit même prêt à jouer immédiatement les millions (en liquide) qu'il a apportés pour payer le château. Et, joignant le défi du geste à la parole, il entrouvre sa mallette qui paraît bourrée de gros billets. Puis il exhibe un paquet de cartes pour expliquer les règles d'un jeu auquel il se prétend imbattable, mais qui se révèle si puéril que les autres sont sûrs de gagner.

C'est l'instant décisif. Le restaurateur jette au Baron un regard de connivence qui prouve aux escrocs que leur appât vient de faire perdre la tête à leur pigeon. Quand le Vieux me racontera beaucoup plus tard cette scène, je m'enquerrai :

– Vous arrive-t-il, à ce stade, de rencontrer des gens assez honnêtes pour déjouer vos plans ?

– Monsieur le juge, ça vous paraîtra peut-être triste pour la nature humaine mais, jusqu'ici, ce truc a toujours marché...

De fait, lors de l'opération à propos de laquelle je l'entends, la victime ne marche pas, elle court ! Au point de ne pas renâcler quand le Vieux lui lance :

– Ceux qui veulent faire une partie avec moi, il leur suffit de mettre une somme égale sur la table.

Ses économies n'y suffisant pas, même avec l'appoint proposé par le Baron, le restaurateur va devoir associer l'un de ses amis cannois à la mise. Et il n'a pas trop de mal à convaincre ce dernier en expliquant comment le Baron et lui ont facilement gagné leurs tours d'entraînement aux cartes.

La partie est organisée dans un immeuble bien choisi de Bruxelles. Laissé sur le seuil en sentinelle, l'ami cannois voit les trois joueurs y pénétrer normalement. Le Vieux a toujours aussi belle allure, avec son large chapeau et sa canne à pommeau d'argent.

L'argent aussitôt exhibé, la partie peut commencer.

Elle ne se déroule pas comme prévu. C'est le Vieux qui gagne à chaque pli. Le restaurateur et le

Baron perdent, perdent au point que le Baron finit par se trouver mal.

Pendant que le restaurateur se précipite pour secourir le pauvre jeune homme, le Vieux, paisiblement, ramasse toutes les mises qu'il a gagnées. Sans canne ni chapeau, il sort sur le palier où il retourne son manteau réversible afin de quitter l'immeuble sans être reconnu par l'ami cannois de faction.

L'enquête judiciaire confirmera beaucoup plus tard que le faux notaire, la Fille, le Vieux et le Baron étaient de mèche et que, sous quelques liasses de vrais billets, les mallettes de ces deux derniers n'étaient emplies que de monnaie de singe. Tous deux seront arrêtés en Suisse, sur la seule dénonciation de l'ami cannois. Car le restaurateur, n'ayant encore rien compris, avait repris rendez-vous avec eux pour une partie de revanche !

Lors de l'une de ses auditions, le Vieux m'a raconté quelques-unes des innombrables variantes de ce genre de scénario. Dans l'une, il fait lire à sa victime une lettre envoyée de Thaïlande par une cousine qui le prie d'aller dédouaner une malle pleine d'objets d'art « et de sacs de poudre blanche que quelqu'un viendra acheter à 500 000 francs le kilo ». Se disant inquiet à ce sujet, l'escroc demande au pigeon de l'accompagner chez le transporteur. Sur place, ses doutes confortés, il entreprend à grand spectacle de vider les sacs de poudre suspecte dans les toilettes, jusqu'à ce que son accompagnateur lui propose *in extremis* de lui racheter « la drogue ». À partir de là, deux orientations deviennent exploitables.

Dans un premier cas de figure, la transaction est organisée en haute mer, entre deux bateaux accotés. Lorsque la valise de billets a quitté le premier, les sacs de poudre tombent malencontreusement à l'eau ! Et le gogo ne peut que se taire... et s'enfuir. Il n'y a guère à craindre que la victime aille se plaindre d'avoir été roulée au cours d'un faux trafic de stupéfiants !

Selon la seconde méthode, rendez-vous est pris sur la terre ferme d'un grand restaurant. Si l'argent doit y être apporté et remis, la drogue est censée demeurer plus prudemment enfermée dans le coffre de la Rolls du Vieux. Laquelle se révèle avoir été malheureusement volée à la fin du repas. Retrouvant alors toute sa preste vélocité, le soi-disant Vieux n'a plus qu'à disparaître. Ce qu'il commente vertueusement en m'expliquant :

– De toute façon, il ne s'agissait jamais que de bicarbonate de soude !

Combien de personnes se sont-elles fait escroquer de cette manière ? Il est impossible de le savoir, puisqu'elles se gardent généralement de porter plainte.

Arrêté néanmoins pour être devenu lui-même trop gourmand autant que par un concours de malchances, le Vieux ne perdit jamais son sang-froid, ni son humour, tout au long de l'instruction et de son procès. Ayant appris qu'il s'était fait passer pour un éleveur aux antipodes, le procureur l'a paraît-il fait rire aux éclats en concluant son réquisitoire par :

– En somme, monsieur élève des moutons en Australie, mais c'est en Europe qu'il vient les tondre !

Mais il n'y a pas forcément toujours de quoi rire. L'un des membres de l'équipe de ce vieux, libéré sous caution, a quand même été exécuté à coups de revolver par deux motards qui sont restés aussi inconnus que leur mobile.

Juste la veille de sa mort, j'avais convoqué une fois de plus cet escroc au palais de justice. Le hasard avait même voulu que je me gare en même temps que la voiture qui l'accompagnait. Ce qui lui avait permis de me soutenir :

– Je suis un honnête salarié, employé par une imprimerie. C'est pour vous le confirmer, si vous le souhaitez, que mon patron m'a conduit jusqu'ici...

En fait, j'avais reconnu ce « chauffeur ». Mais je devais bientôt découvrir qu'il dirigeait bel et bien, parallèlement, une imprimerie. Et qu'il avait même remplacé Bernard Tapie comme représentant légal de la société gestionnaire de l'Olympique de Marseille !

*
**

Tout aussi significative de l'atmosphère locale me semble l'étrange affaire qui suit, de soi-disant commerçants.

L'épisode avait commencé par la location sous baux précaires d'une série d'élégants magasins sur la Croisette, sur la Promenade des Anglais et dans l'aéroport de Nice-Côte d'Azur. Les exploitants y avaient exposé de prétendus précieux objets d'art asiatique, avec la certitude de finir par capturer quelque chaland peu connaisseur.

Dans l'escroquerie que j'ai eu à connaître, le client n'avait pas hésité à débourser 50 000 francs, dans une boutique de l'aéroport, en échange d'une imposante figurine d'éléphant. Ayant soigneusement noté l'adresse de cet acheteur, le vendeur s'est présenté chez lui quelques jours plus tard pour lui proposer de lui reprendre l'objet moyennant 300 000 francs. En pareil cas, aussitôt persuadés d'avoir réalisé une affaire mirifique, la quasi-totalité des acquéreurs déclinent l'offre de rachat.

Reste à vérifier la véritable valeur du trésor. Or, comme par hasard, un prospectus glissé dans la boîte aux lettres vient bientôt signaler au client l'installation, près de chez lui, d'un nouveau cabinet d'expertise en... antiquités d'Asie ! Consulté, le spécialiste diagnostique :

– Votre pièce vaut au bas mot son million de francs. Si ça vous intéresse, je peux vous mettre en rapport avec des collectionneurs américains ou autres...

L'expert organise en effet un défilé d'amateurs qui proclament être prêts à dépenser des fortunes pour une telle pièce. Ou d'autres semblables...

Car c'est évidemment là que la mécanique s'enclenche. Persuadé que son vendeur boutiquier n'est nullement un connaisseur, le client retourne au plus vite au magasin où il a trouvé son providentiel éléphant, avec l'intention d'en dévaliser les vitrines.

Hélas, le marchand se dit dépourvu d'autres objets du même genre. Tout au plus peut-il renvoyer son client vers son propre fournisseur.

– Il est propriétaire d'un domaine dans le Bordelais, indique-t-il. Et, comme il est en train de régler sa succession, il acceptera sans doute volontiers de vous céder quelques pièces...

En Gironde, c'est une véritable caverne d'Ali Baba que semble receler le château. Et après s'être lamenté sur les frais que lui impose son héritage, le châtelain soupire :

– Je veux bien vous solder tout ce bazar pour

une trentaine de millions, à condition que l'opération se fasse vite et seulement en espèces...

Rêvant de faramineuses plus-values, le client réunit à la hâte les fonds nécessaires. À peine livré, il se précipite au cabinet de son expert pour renouer avec les clients potentiels que celui-ci lui a présentés. Hélas, l'officine est close et les collectionneurs demeurent aux abonnés absents...

À l'aéroport, son bail dénoncé, le commerçant est parti. Dans le Bordelais, le prétendu châtelain a disparu.

Bon gré, mal gré, le client doit se résigner à admettre qu'il n'a plus qu'une masse de bibelots sans valeur à contempler. Et ses yeux pour pleurer...

*
**

J'ai eu l'occasion de rencontrer le même type d'escroquerie, mais portant cette fois sur des pierres prétendues prodigieusement précieuses. En l'occurrence, moyennant 3 millions de francs, le client avait acheté un énorme rubis ovoïde, garanti pesant 12 500 carats et donc 2,5 kilos. S'en disant ébloui, l'« expert » désigné par le vendeur avait affirmé qu'il n'en existait que deux autres comparables au monde et que la réunion des trois bijoux constituerait par conséquent une collection sans prix.

Son premier marchand l'ayant orienté vers un petit bijoutier de Monaco « qui pourrait le renseigner », le client avait appris de la bouche de celui-ci que les deux autres joyaux étaient justement la propriété de sa tante, mais que la dame avait déjà enregistré une offre à 25 millions. Le client a eu la mauvaise idée de renchérir – et de payer – avant de s'apercevoir que tous ses interlocuteurs s'étaient évanouis dans la nature...

Dès que j'ai été chargé de sa plainte, mon premier acte a consisté à demander une évaluation fiable à un authentique expert. Ce dernier a conclu que les trois gros cailloux pesaient bien le poids certifié, mais n'étaient constitués que de minéraux vulgaires, dont la valeur ne totalisait pas 10 000 francs.

*
**

Même des professionnels chevronnés peuvent se laisser berner par ces types de malfaiteurs et de procédés. Ce fut le cas d'une délicieuse vieille antiquaire britannique, chez qui un malfrat avait repéré des objets de grand prix. Après avoir loué sous pseudonyme une somptueuse villa dans l'arrière-pays cannois, ce dernier avait demandé à la vieille dame de venir d'Angleterre en personne lui présenter son catalogue.

D'abord résolue à refuser, la charmante antiquaire avait fini par se laisser fléchir par l'offre de mettre à sa disposition un jet privé et une suite au Carlton. Reçue à Cannes avec les égards correspondants, elle avait bien cru vendre pour 15 millions de francs à un magnat les trois meubles les plus rares et les plus chers de sa réserve. Aussi, quand le fastueux client avait sollicité la permission bien compréhensible d'essayer au préalable ses futures acquisitions dans sa luxueuse demeure, elle avait accepté de les lui faire livrer avant tout paiement.

Bien sûr, elle ne devait jamais les revoir, non plus que ce fameux client. L'enquête déclenchée par sa plainte a seulement permis d'identifier celui-ci comme étant un mafieux bien connu, et de vérifier que les locations de la villa, et de la suite au Carlton, n'avaient jamais été réglées. Quant à l'avion privé, il avait été affrété gracieusement par une compagnie aérienne à la demande d'un riche financier venu négocier le rachat de celle-ci avant de s'évanouir dans la nature.

*
**

L'amateur de cinéma que j'ai toujours été ne s'en est pas moins étonné de reconnaître dans la plupart de ces escroqueries des mécanismes plus ou moins bien décrits dans certains scénarios de films. Et j'ai été franchement émerveillé de reconstituer ainsi, un jour, les principaux épisodes de l'un des plus célèbres longs métrages d'Alfred Hitchcock, *La Main au collet.*

À la suite d'une perquisition chez un receleur parisien du nom de Rakover, nombre de bijoux retrouvés s'étaient avérés provenir de cambriolages commis sur la Côte d'Azur. À ma grande surprise, l'enquête nous avait mis sur la piste d'un certain Bernard Robert. Or, celui-ci devait se révéler n'être pas seulement un parfait homonyme du héros du film de Hitchcock : à peu près de même âge et de même prestance que l'acteur Cary Grant, il avait exercé la même profession de trapéziste que le monte-en-l'air de cinéma. Exactement comme ce dernier, il se faisait inviter aux soirées les plus huppées dans des résidences luxueuses qu'il avait repérées, avant de revenir à la nuit les dévaliser en tenue de rat d'hôtel...

Il a eu les plus grandes peines du monde à me convaincre qu'il ne s'était pas davantage inspiré du film qu'il ne l'avait inversement inspiré !

V

Les marchands de bonheur

Mes premières armes face à la presse remontent à quelques semaines après mon arrivée à Grasse. Le décalage entre l'énorme surpopulation et les moyens dérisoires dont dispose la justice régionale avait incité à s'installer dans les environs nombre de petites sociétés prospérant à la lisière du commerce et de l'arnaque. Beaucoup se hasardaient à promouvoir par voie de publicité dans les journaux populaires des colifichets, babioles et autres pacotilles vendus comme porte-bonheur. Certaines tentaient d'accroître leur crédibilité en se référant à des personnalités connues, voire célèbres, notamment dans les sphères du spectacle et de la télévision.

C'est ainsi que je me suis trouvé en premier lieu saisi de plaintes en publicité mensongère contre l'illustre producteur et présentateur du fameux jeu télévisé « Intervilles », Guy Lux. Sa réputation de joueur se trouvait en effet mise au service de prétendus « chiffres de la chance » promettant de tirer de la « numérologie divinatoire » des gains importants sous quatre mois. Son dossier constitué sans peine, je l'ai convoqué avec moins de succès. Une fois, deux fois, trois fois, mes invitations pourtant officielles sont demeurées sans réponse. Agacé par ces incorrections réitérées, je me suis donc résigné à lui faire délivrer un mandat de comparution dans les règles. Aux policiers qui le lui remettaient en mains propres, l'intéressé s'est contenté de rétorquer :

– Dites au juge qui vous envoie que je ne viendrai le voir que quand il me garantira le paiement de mon billet d'avion et de ma chambre d'hôtel...

Cette déclaration avait toutes les allures d'une provocation délibérée, surtout émanant d'une personnalité qui jouissait notoirement d'une propriété située à quelques kilomètres de mon tribunal. Je ne pouvais moins faire que d'y répliquer par la délivrance d'un mandat d'amener en bonne et due forme, susceptible de garantir au témoin au moins le transport aérien... entre deux gendarmes. Mais auparavant le président de mon tribunal, puis le procureur de la République m'avaient téléphoné tour à tour pour me poser exactement la même question :

– Dites, Murciano, vous êtes vraiment sûr qu'il

n'y a pas moyen de procéder autrement, avec Guy Lux ?

– À mon grand regret, j'en suis certain : j'ai malheureusement déjà épuisé en vain toutes les mesures moins coercitives.

– Bon... Dans ce cas...

Pendant ce temps-là, mon témoin faisait lanterner mes émissaires, sans doute dans l'espoir que quelque intervention de haut lieu finirait par le dispenser de la corvée d'obtempérer. Il a tellement tergiversé et traîné qu'il était plus de 19 h 30 quand il est enfin parvenu à la porte de mon cabinet. Il s'était fait escorter par un ténor renommé du barreau marseillais, Me Paul Lombard, auquel j'ai posément expliqué :

– Désolé, maître, mais je crains qu'il ne soit désormais trop tard pour entamer une longue audition sans la présence de ma greffière...

– Qu'est-ce que vous proposez donc pour mon client, monsieur le juge ?

– Puisqu'il est sous le coup d'un mandat d'amener que je ne puis lever, vous savez bien que je me dois d'assurer son hébergement, maître !

Et je laisse l'avocat, aussi éberlué que furieux, expliquer à Guy Lux qu'il doit passer la nuit à la maison d'arrêt de Grasse pendant que je rentre sereinement chez moi. À peine arrivé à mon domicile, je ne m'étonne guère que la sonnerie du téléphone m'annonce à nouveau le président du tribunal :

– Dites, Murciano, vous êtes vraiment certain que vous ne pourriez pas entendre notre témoin dès ce soir ?

– Hélas, compte tenu du nombre de questions et de la réticence des réponses à prévoir, je ne vois aucune échappatoire.

– ...

– J'en suis sincèrement désolé. Vous êtes très contrarié ?

– Non. Je vous dis plutôt bravo : à votre place, j'aurais sûrement fait exactement la même chose !

Ce que je n'avais encore annoncé ou rappelé à personne, c'est que le hasard m'avait conduit à m'engager à assurer un remplacement à la présidence d'une audience correctionnelle qu'aucun autre magistrat du ressort ne pouvait assumer, le lendemain matin. Pour cause de force majeure, l'audition de Guy Lux allait donc être encore retardée jusqu'au début de l'après-midi – ce qui avait au moins le mérite de laisser au palais de justice le temps de terminer des travaux de rénovation dont l'animateur serait ainsi le premier à recevoir les honneurs. Attention que ne manquèrent pas de relever certains reporters : ils notèrent que mon bureau avait été « spécialement repeint pour accueillir cet hôte de marque » !

L'après-midi, ce n'est plus une arrogante star mais un homme, comme les autres en pareille circonstance, épuisé par dix-huit heures de détention qui est conduit devant moi. Du coup, il consent à s'expliquer sans faux-fuyant et ne conteste même pas son placement sous contrôle judiciaire assorti d'un cautionnement lourd de 250 000 francs. Son principal souci semble désormais de savoir comment affronter la meute de journalistes qui le guettent derrière la porte. Il n'hésite pas à me demander :

– Ça ne vous ennuie pas que je reste encore quelques instants ici, avant d'y aller ?

– Pas du tout ! Je vous en prie, prenez tout votre temps...

Pendant quelques minutes, je le vois alors rajuster sa cravate, se redresser, se détendre et même esquisser une ébauche de sourire avant de sortir. Extraordinaire contre-plan, je l'ai découvert le soir même sur mon écran de télévision, en train de descendre les marches du palais avec l'allure espiègle d'un gamin qui vient de faire une bonne farce. Pas de doute, ce petit homme était un grand comédien, bien meilleur acteur que vendeur de gris-gris.

Sans doute l'a-t-il compris, car par la suite il s'est ponctuellement rendu à chacune de mes convocations pour répondre sans détours à toutes mes questions. Il a même patiemment attendu le moment où j'ai annoncé mon intention de retourner son dossier au parquet pour le faire déférer en correctionnelle avant de plaider :

– Monsieur le juge, si vous voulez bien, à présent, me faire rendre ma caution, je m'engage à en faire intégralement bénéficier l'enfance malheureuse...

– Monsieur Lux, de tels arrangements ne sont malheureusement pas autorisés par le code de procédure pénale français.

Estimant désormais ses garanties de représentation suffisantes, je lui ai néanmoins fait rembourser ses 250 000 francs dès que possible. En retour, il m'a communiqué les statuts d'une association vouée à offrir des vacances aux enfants nécessiteux. Pendant longtemps, il m'a donné régulièrement par écrit des nouvelles des gamins que cette association, qui avait reçu l'appui et le soutien de Mme Danielle Mitterrand, expédiait à la mer ou à la montagne. Ne l'ayant jamais entendu s'en vanter par ailleurs, je veux croire qu'il n'a pas eu ce geste pour redorer son image aux yeux du public.

En fait, j'espère l'avoir découragé, à l'avenir, de trop se mêler de publicité...

*
**

Une affaire semblable devait me mettre aux prises avec une animatrice de télévision non moins adulée : Danièle Gilbert. Cette fois, le porte-bonheur qu'elle vantait avec un subtil mélange de naïveté et de rouerie était un anneau, prétentieusement baptisé « Bague de Ré ». Sous son égide et après elle, de multiples faux témoins prétendaient raconter comment, moyennant 300 francs seulement, le même bijou leur avait ramené un amour, un emploi, voire la santé...

Non moins de 400 000 commandes, totalisant l'ahurissant chiffre d'affaires de 120 millions de francs, 12 milliards de centimes ou 18,5 millions d'euros, sont venues dissuader la justice de traiter l'affaire à la légère. D'autant que les victimes m'ont bombardé de lettres souvent aussi déchirantes que celle de cette vieille dame qui m'écrivait : « Je meurs de honte. De toute ma vie, je n'avais jamais prêté foi à ce genre de fables. Mais mon mari souffre d'un cancer, ma fille est en plein divorce et mon petit-fils s'enfonce dans le chômage. Alors, j'ai voulu y croire... »

Les plaintes de quelques malheureux de ce genre ont suffi pour que les enquêteurs et moi démêlions un inextricable écheveau de holdings et de filiales méridionales afin de démasquer la société qui rémunérait grassement Danièle Gilbert, en partie à l'insu du fisc. Inculpée puis écrouée pendant deux longues semaines, l'animatrice n'en a pas moins continué à proclamer sa confiance inébranlable dans le fétiche qui lui aurait permis de sortir indemne d'un grave accident de la route.

Pour ma part, j'ai mesuré à cette occasion toute l'ampleur des effets pervers d'un pareil « coup » médiatique. Harcelé par d'innombrables journalistes, je garde spécialement le souvenir de celui qui avait fini par me convaincre de le recevoir afin de lui prodiguer des explications juridiques sur les délits d'escroquerie et de publicité mensongère. En fait d'explications, j'ai lu le lendemain dans son quotidien une longue description du « grand bureau du petit juge » qui avait osé s'attaquer à une idole.

À franchement parler, la presse « people » n'a pas été la seule à faire ses choux gras de mes démêlés avec ces stars. Il s'est chuchoté de malveillantes critiques à mon encontre jusque parmi mes collègues et plus spécialement au niveau du vénérable parquet de Paris. Pire encore, un ministre à l'accent régional y alla de son couplet gouailleur contre « les abus de pouvoir de certains magistrats ».

J'allais bientôt comprendre pourquoi les juges devenaient les bêtes noires de politiciens pas toujours blancs comme neige.

VI

Relents d'extrême droite

Mon véritable « baptême du feu », je le dois à la seule et unique affaire que j'aie officiellement partagée avec mon ami Noguéras. Peu avant mon arrivée à Grasse, celui-ci avait été chargé d'informer sur l'assassinat crapuleux d'un honorable syndic de faillite, Me Gazan. Dans la sinistre tradition méridionale qui relie le juge Michel à la députée Yann Piat, ce mandataire de justice avait été tué à la sortie de son domicile par deux motards revêtus de casques intégraux qui, avant de s'enfuir, avaient vidé sur lui un plein chargeur de revolver au calibre de guerre 11,43. Précédant cette lâche mise à mort, une tentative ratée avait incité la victime à venir déclarer à la police qu'elle se savait menacée en raison de son rôle dans un sombre imbroglio commercial dont je devais hériter puisqu'un réquisitoire distinct l'avait confié à mon prédécesseur.

Implantée entre Antibes et Cagnes-sur-Mer, la société Cavallo était une entreprise familiale employant une cinquantaine de personnes. La rapide urbanisation de la région lui permettait de prospérer dans l'installation de poteaux téléphoniques. La patronne de cette société avait un jour reçu la visite d'un personnage bien mis et beau parleur qui s'était présenté comme envoyé par deux des principales collectivités locales concernées par les commandes faites à cette entreprise, pour réaliser un audit. N'y voyant sur le moment aucun inconvénient, Mme Cavallo lui avait largement ouvert l'accès à ses locaux et à ses chantiers, et même à ses livres comptables.

Le résultat allait se révéler stupéfiant. Si l'audit de la société avait bien commencé par des recensements flatteurs sur l'importance du carnet de commandes assuré par une grande société nationale, unique mais excellent client, sur l'efficacité du matériel et sur la compétence du personnel, ce n'était que pour mieux déboucher sur des critiques impitoyables de la gestion des dirigeants. Et, déduisant l'urgence de les déchoir de leurs responsabilités, le rapporteur en arrivait avec aplomb à l'intérêt de confier la direction à... lui-même !

Naturellement indignée par tant d'impudence, la patronne de la société avait sur-le-champ congédié le prétendu conseil. Elle ne pouvait prévoir quels ennuis allaient suivre...

En effet, sans jamais avoir reçu la moindre assignation à comparaître devant le tribunal de commerce local – et donc au mépris de l'intangible principe judiciaire du respect du contradictoire – c'est directement par une notification qu'elle avait appris peu après y avoir été jugée « par défaut » : à la requête de quelques créanciers qui n'avaient auparavant formulé aucune réclamation normale, sa société avait d'abord été placée en redressement sous l'autorité d'un administrateur judiciaire proche des juges consulaires, puis rétrocédée par celui-ci en location-gérance, moyennant versement de redevances dérisoires, à de mystérieux repreneurs.

Refusant de se laisser démonter, Mme Cavallo avait aussitôt interjeté appel. Et la cour d'Aix-en-Provence, habituée aux fantaisies des tribunaux de commerce mais stupéfaite par une telle accumulation d'irrégularités, avait aussitôt désigné un administrateur provisoire moins suspect. C'était Me Gazan.

Ce gêneur ne s'était pas contenté de demander à la cour d'annuler la location-gérance. Il s'était peut-être attiré une vengeance criminelle en signalant parallèlement au parquet des détournements d'actifs et autres agissements délictueux, dont mon prédécesseur avait été saisi pour ouvrir le dossier dont j'avais hérité. Les coupables paraissaient donc devoir s'en trouver sanctionnés tôt ou tard.

Mais, dans l'intervalle, les locataires-gérants avaient eu le temps de débaucher la majorité du personnel, de mettre hors d'usage l'essentiel du matériel, et de désaffecter jusqu'aux locaux eux-mêmes. Non sans avoir créé parallèlement une société concurrente...

Au bilan, l'honnête famille des entrepreneurs d'origine s'est retrouvée ruinée. Il est resté impossible d'établir la corrélation entre son pillage et l'assassinat de l'irréprochable Me Gazan, dont les tueurs n'ont jamais été appréhendés.

Seule la nouvelle société, l'entreprise pirate, a prospéré. Car la grande firme nationale qui demeurait l'unique acheteur de ces poteaux téléphoniques lui avait désormais réservé toutes ses commandes. Ceci à la demande écrite d'une haute personnalité politique de la gauche régionale, trop habile pour qu'aucune poursuite puisse jamais être entamée contre elle et pour que lois et jurisprudences m'autorisent, par conséquent, à citer son nom.

*
**

Je suis en droit d'évoquer plus clairement ma première affaire politique qui ait mis en cause l'extrême droite, vers la même époque. En fait, cette affaire elle aussi avait vu le jour avant mon arrivée. Dès 1985, deux premiers attentats à l'explosif n'avaient heureusement fait que des dégâts matériels dans les locaux cannois du Parti communiste, puis de la Confédération générale du travail. Mais en décembre 1988, deux nouvelles déflagrations avaient tué un réfugié roumain et blessé une vingtaine d'immigrés de toutes nationalités, résidant dans les foyers spécialisés de la Sonacotra à Cannes-la-Bocca, puis à Cagnes-sur-Mer.

Sur place, les policiers avaient ramassé un certain nombre de tracts ornés de l'étoile de David qui revendiquaient ces crimes au nom d'une organisation sioniste ou prétendue telle. Presque simultanément, à Paris, sans faire de victime, une autre explosion avait ravagé le siège du magazine *Globe*, réputé proche de l'État d'Israël et de la gauche française. Tout se passait donc comme si des organisations juives et arabes s'affrontaient de la sorte ou, plutôt, comme si quelqu'un cherchait à le faire croire...

Théoriquement, pareille affaire relevait de la compétence nationale des magistrats spécialisés de la fameuse section antiterroriste parisienne, précédemment instituée sous l'autorité du procureur Alain Marsaud. Mais la XIVe section du parquet de la capitale ne l'avait curieusement saisie que du volet parisien, moins dramatique, mais sans doute plus médiatique. Le hasard des répartitions de dossiers allait ainsi conduire le président de mon tribunal à me charger d'une information distincte dans notre ressort judiciaire.

C'est à l'occasion de cette enquête que j'ai appris à apprécier non seulement l'inspecteur Ségeard, dont j'ai déjà parlé, mais ses collaborateurs, les officiers de police judiciaire Casanova et Decloedt. Nous avions pourtant démarré plutôt mal : les vestiges relevés sur les lieux par les techniciens de scène du crime avaient permis aux experts de conclure que le produit détonant, chaque fois enfermé dans une bonbonne de gaz, n'était composé que d'un mélange de sucre et de désherbant industriel – deux substances beaucoup trop courantes pour que nous ayons la moindre chance de retrouver trace de leur achat. Nos investigations sont donc longtemps demeurées vaines, jusqu'à réception d'intéressantes informations communiquées par les policiers des Renseignements généraux.

Le document que nous transmettent les RG constitue ce que leurs fonctionnaires appellent « une note blanche », c'est-à-dire une liasse sans en-tête ni signature, dont la valeur proprement judiciaire est par conséquent nulle. Ne constituant pas une preuve officiellement présentable devant un tribunal, cette note suggère néanmoins que les attentats sur la Côte d'Azur pourraient être imputables à un mouvement néo-nazi baptisé PNFE, Parti nationaliste français et européen, qui se fera également connaître au moment de la profanation du cimetière de Carpentras. Ce mouvement ne se contente pas, en effet, de diffuser, sous le titre de *La Tribune nationaliste*, des tonnes de haine raciste : il semble avoir plus directement fait écho aux attentats lors d'une sorte de congrès clandestin qui s'est tenu dans un château du centre de la France.

Les agents infiltrés à ce rassemblement passent pour avoir observé plusieurs détails troublants. En premier lieu, un barman du buffet de la gare de Nice, répondant au nom de Nicolas Gouge, serait venu y former les militants à la fabrication d'explosifs, justement à base de sucre et de désherbant. Ensuite, un deuxième orateur s'y serait précisément félicité des récents attentats commis sur la Côte contre la Sonacotra et aurait exhorté ses auditeurs à en préparer d'analogues dans leurs régions respectives. Pour bien montrer l'efficacité de la technique, un troisième responsable, aux allures d'intellectuel et d'idéologue, aurait alors fait circuler et commenté des photographies prises immédiatement après lesdits attentats. Enfin, l'animateur d'un syndicat de policiers d'extrême droite serait venu souligner les précautions à prévoir jusqu'à l'exécution des méfaits, ainsi que la conduite à tenir en cas d'interpellation ultérieure.

Lancé sur la piste de Nicolas Gouge, l'inspecteur Ségeard m'annonce très vite :

– Comme par hasard, le patron de notre barman vient tout juste de déposer les statuts d'une association qualifiée « La France et sa police »...

– Elle a des adhérents ?

– Je ne devrais pas vous le dire, mais... elle a bel et bien inscrit quelques collègues !

– Qu'est-ce que vous proposez ?

– Nous ne pouvons pas tenir tout ce beau monde à l'œil. Mais nous pouvons au moins surveiller ceux dont nous avons les adresses : le barman et l'idéologue amateur de photos...

Si la filature de Nicolas Gouge ne donne rien sur le moment, celle de l'idéologue a un résultat inattendu. Il se présente en effet au service de la police judiciaire en expliquant :

– J'ai remarqué que vos hommes suivent de très près tout ce que je fais. Alors, je suis venu vous demander directement ce que vous me voulez...

A-t-il repéré des pisteurs maladroits ou a-t-il plus simplement été renseigné sur l'intérêt que nous lui portons ? Penauds, nous devons en tout cas renoncer à nos surveillances. Et je me résous à faire interpeller dès l'aube nos deux suspects et un quarteron de leurs acolytes, qui se laissent tous appréhender docilement, avec des sourires narquois.

La garde à vue, normalement limitée par la procédure pénale à quarante-huit heures, se trouve prolongée en matière de terrorisme jusqu'à quatre jours, jalonnés seulement par les visites médicales obligatoires. Je mets ce délai à profit pour alterner vivement interrogatoires et perquisitions. D'abord en vain.

Mais voilà que, se trouvant bredouille au domicile de notre idéologue au crépuscule du quatrième jour, l'inspecteur Casanova, dans un geste désordonné, brise involontairement un bibelot en plâtre posé sur le bureau du maître de maison. Confus, le policier veut s'excuser et promettre réparation lorsqu'il s'avise que la statuette dissimule un autre objet.

C'est un tampon encreur. Un tampon qui reproduit une étoile de David. Celle-là même, confirmera l'expertise, qui figurait au bas des tracts jetés sur les lieux des attentats...

Du coup, nous tenons une preuve. Et, confrontée à l'évidence, notre demi-douzaine de suspects va se sentir contrainte à parler... puis à dénoncer un plus large cercle de complices, que nous arrêtons tout aussitôt, et qui s'empressent d'avouer sans honte :

– À force de monter les uns contre les autres les youpins et les bougnoules, nous espérions qu'ils finiraient par tous s'entre-tuer.

À la tête de l'organisation se démasque un retraité de soixante-quinze ans, animé par une haine aussi inexpiable qu'inexplicable des Juifs et des Arabes. À côté de lui, Nicolas Gouge paraîtrait presque intelligent : ayant été, avant de devenir barman, un assez piètre agent immobilier, il a voulu se convaincre que ce sont ses concurrents juifs qui l'ont acculé à la faillite.

Les autres membres du groupe sont d'un niveau plus affligeant encore. Militaires ou anciens militaires pour la plupart, ils ne comprennent guère l'idéologie fascisante dont ils sont abreuvés, mais s'avouent prêts à n'importe quel geste irréfléchi pour nuire aux étrangers qu'ils exècrent viscéralement. L'un des plus représentatifs, conforté par des kyrielles d'attestations délivrées par des vedettes auxquelles il a servi de garde du corps lors de plusieurs festivals sur la Croisette, me déclare :

– Bon... Et si je vous présente des excuses ? Est-ce que vous me laissez hors du coup ?

Plusieurs complices font en outre partie de la police nationale. Un document retrouvé lors d'une perquisition chez l'un d'eux laisse même entendre qu'ils envisageaient de former un groupuscule d'hommes de main. Je n'en refuse pas moins de confier à la gendarmerie une nouvelle commission rogatoire : elle donnerait l'impression de désavouer les enquêteurs qui m'ont jusqu'ici brillamment secondé.

En revanche, beaucoup de policiers véreux nous narguent quasi ouvertement. L'un d'eux, qui avait naguère prononcé une conférence sur l'art et la manière de réagir en cas d'arrestation, met en application ses propres conseils en ricanant :

– Depuis quand nous est-il interdit de renseigner nos concitoyens sur leurs droits ?

Un autre admet avoir transporté en voiture une lourde bonbonne jusqu'au quartier de Paris où se trouvait *Globe*, le jour même de l'attentat contre ce journal. Mais, comme il nie avoir déposé sciemment l'engin et démontre n'avoir pris aucune part aux attentats de la Côte, je ne puis faire mieux que de le remettre entre les mains de la Brigade antiterroriste. Il bénéficiera d'un non-lieu.

Officiellement non impliqué, celui qui ironisait sur les droits des citoyens persifle :

– Alors, monsieur le juge ? Comme ça, vous voulez fourrer toute l'extrême droite en taule ?

– Si elle a commis des attentats criminels, oui, je vous promets que je ferai tout mon possible pour ça !

D'autres réactions se révèlent plus agressives. Les dirigeants locaux d'un syndicat policier fascisant profèrent publiquement contre nous des menaces à peine voilées. Dans les colonnes de *La Tribune nationaliste*, l'inspecteur Ségeard se trouve catalogué comme Juif, son collègue Casanova comme Italien et Decloedt comme Chinois. Quant à moi, je suis submergé par plus d'une centaine de courriers d'imprécations anonymes.

Le fait que ces tentatives d'intimidation proviennent d'à peu près toutes les régions françaises ne laisse pas de m'inquiéter. Cela suppose qu'il demeure en liberté plusieurs dizaines de personnes prêtes à tout. Et peut-être armées.

En effet, un témoin nous signale que Nicolas Gouge avait entreposé dans le grenier niçois de l'une de ses maîtresses un important stock d'armes et de munitions. Évidemment, à ce stade, rien ne prouve que l'arsenal en question ait été utilisé pour commettre les attentats dont je suis saisi. Mais, face à l'urgence et à la gravité du danger, le procureur et moi décidons d'un commun accord d'accélérer un peu la procédure en suggérant à l'inspecteur Ségeard :

– Il faudrait peut-être nous procurer l'adresse de cette femme pour perquisitionner chez elle.

– Je crois que ce n'est plus la peine. Elle vient de nous déclarer que le barman a fait débarrasser le plancher par son propre frère...

Le frère s'appelle Michel Gouge. Ce sous-officier à la retraite n'a aucun antécédent judiciaire. Il habite sur un bateau baptisé la *Fiesta*, dont il est propriétaire, en rade de Cannes. Notre perquisition domiciliaire y demeure infructueuse. Même une fois placé en garde à vue, Michel Gouge persiste à prétendre n'avoir personnellement aucun lien avec l'extrême droite, dont il critique les positions avec une vigueur convaincante. Avant la fin de son interrogatoire, il se laisse toutefois persuader par les policiers de reconnaître :

– C'est vrai que je savais que mon dingue de frangin avait un stock de munitions et d'explosifs. Et c'est justement pour qu'ils ne restent pas entre de mauvaises mains que j'ai accepté de les évacuer.

– Et vous en avez fait quoi ?

– Je les ai planqués dans une villa d'Antibes qui servait déjà de cache d'armes à un service de l'État...

Le service en question, selon lui, serait la DGSE, la Direction générale de la sûreté extérieure, responsable du renseignement français, mais en théorie exclusivement sur les territoires étrangers. Malgré leur scepticisme, les policiers l'autorisent à adresser un unique appel téléphonique à un ami avant de passer la nuit en garde à vue.

Le lendemain, 28 septembre 1989, quand il m'est présenté pour notification de son inculpation, Michel Gouge objecte :

– La première perquisition sur mon bateau a été négative, mais j'ai fait en sorte que tout ce que vous cherchez s'y trouve désormais. Si vous le voulez, il nous suffit d'y retourner...

Nous y filons séance tenante. Et nous y découvrons en effet des munitions, des détonateurs et toutes sortes d'explosifs. Les policiers en dressent aussitôt l'inventaire aux fins de leur destruction « administrative », c'est-à-dire pour constat officiel de leur mise hors service par des armuriers spécialement habilités.

Pour moi, la mise hors d'état de nuire de cet arsenal revient à ce que le pire ait été écarté. Et c'est l'essentiel. C'est donc uniquement pour la forme que je continue d'interroger mon prévenu :

– Tout cela ne nous dit pas chez quel comparse vous aviez dissimulé ce stock, dont la détention, comme le recel, sont prohibés. Parce que je suppose que vous n'espérez pas que nous ayons gobé votre roman d'espionnage, votre mystérieuse villa qui a servi de cache d'armes à la DGSE ?

– Si vous tenez à en avoir le cœur net, pour vous prouver que je ne vous ai pas raconté de bobards, je veux bien faire visiter la cache de la DGSE, mais à un de vos hommes et un seul...

Il propose d'emmener l'inspecteur Decloedt. Après bien des hésitations, j'accepte. Et ils s'en vont tous deux en direction d'Antibes.

Quelques heures plus tard, le policier est de retour. En présence du procureur de la République Bernard Farret, il témoigne :

– Croyez-moi ou non, mais je viens de voir la caverne d'Ali Baba. Des dizaines d'armes et des kilos de munitions sont entreposées dans la cave d'une villa d'aspect pacifique...

Je m'étonne :

– Cette incroyable fable de Michel Gouge serait donc la vérité ?

– En tout cas, nous n'avons pas été si mal inspirés en décidant de lui faire confiance, conclut le procureur.

Pour lui comme pour moi, l'ahurissant épisode semble clos. Un rapport administratif du parquet doit me dégager de toute responsabilité. Et des félicitations personnelles du ministre de l'Intérieur vont récompenser les policiers.

Le reste n'est plus que question de procédure. J'ordonne le déferement des prévenus devant une cour d'assises spéciale – réunie pour la première et dernière fois hors de Paris...

Tous les petits exécutants et complices des attentats de la Côte d'Azur seront peu ou prou condamnés, ne serait-ce que pour « association de malfaiteurs » et « détention d'armes ». Seul leur maître à penser, notre fameux idéologue, a refusé de se présenter à l'audience sous prétexte que la configuration astrologique de ce jour-là ne lui semblait pas favorable. Manifestant des désordres mentaux pas tout à fait invraisemblables, il est parvenu à se faire acquitter de la prévention d'avoir été l'instigateur des attentats. Mais il n'en a pas moins été sanctionné de cinq ans de prison, du chef de sa « participation active à une association de malfaiteurs en relation avec une entreprise terroriste ».

Apparemment, tout est bien qui finit bien. À ceci près que cette étonnante aventure va me poursuivre en secret puis me rattraper de manière spectaculaire dans l'avenir...

*
**

Sans me douter que l'affaire des attentats venait d'amorcer une bombe à retardement, j'ai continué dans l'intervalle mes découvertes conjuguées de la bêtise, du racisme et des impérities. Je ne saurais évidemment rapporter ici tous les signes de l'épanouissement de l'extrême droite dans le Midi de la France. Mais je n'ai pas oublié l'appel téléphonique que m'a lancé un élu local du Front national, au lendemain de la découverte de la profanation du cimetière de Carpentras :

– Moi, je ne suis pas d'accord du tout avec ce genre de procédés, monsieur le juge. Alors, quand j'ai reçu un courrier incitant à s'en prendre aux tombes juives, je me suis souvenu que vous aussi aviez récupéré ce genre de tracts et j'ai conservé le document à toutes fins utiles. Je suis prêt à vous le communiquer.

Effectivement, le document que l'élu me fit parvenir ne pouvait que rappeler, par sa forme, les messages de revendications laissés par les auteurs sur les lieux des attentats antérieurs : un texte court, frappé par une machine à écrire usagée, sur des bandelettes de papier d'environ cinq centimètres. Son contenu témoignait des mêmes intentions, puisqu'il incitait le lecteur à s'en prendre aux carrés juifs des cimetières.

Qui plus est, au cours des investigations précédentes, j'avais eu l'occasion de recueillir un témoignage selon lequel l'un des prévenus, professeur dans un grand lycée de Nice, s'était vanté d'être l'auteur d'actes de profanation au cimetière juif de cette cité.

Démontrant ainsi que, même pour un militant FN, les limites de l'insupportable avaient été franchies à Carpentras, l'élu poursuivit sa collaboration active en m'adressant dès le lendemain l'enveloppe manuscrite ayant contenu ce tract, qu'il avait récupérée après coup dans sa corbeille à papiers.

Une aubaine !

Les menaces de mort, insultes antisémites et autres calomnies que les militants du Parti nationaliste français et européen m'avaient adressées pendant des mois m'avaient permis de disposer d'un large échantillonnage de modèles d'écriture. Saisi d'une information de chef d'incitation à la haine raciale, j'ordonnai une expertise d'écriture qui permit d'identifier comme probable expéditeur de l'enveloppe ayant contenu le document incriminé l'un des sympathisants locaux de la mouvance néo-nazie. Ancien parachutiste, aigri par un accident qui lui avait laissé de lourdes séquelles, celui-ci tentait depuis des années d'oublier son sort dans l'alcool, communiquant à chaque occasion à ses plus jeunes condisciples sa haine de la « race juive ».

Je décidai d'adresser, à toutes fins, les résultats de mon enquête à ma collègue chargée à Carpentras du dossier de profanation.

*
**

Encore ne faut-il pas incriminer que les agitateurs et les militants de cet acabit. C'est ce que m'a appris, une autre fois, l'aveu spontané d'un monsieur aux allures de père tranquille. Après une querelle d'ivrognes dans un bistrot du vieux Cannes, il était sorti, le temps d'aller chercher un fusil pour abattre son contradicteur. Amené dans mon cabinet pour être inculpé d'assassinat, ce triste bougre, qui n'avait jamais jusque-là eu maille à partir avec la justice, a cru tout m'expliquer en disant :

– J'ai fait une bêtise, monsieur le juge, parce que j'ai cru que ce type-là était un Arabe...

J'allais avoir l'occasion de constater que de plus riches et mieux éduqués que lui n'avaient pas toujours de motivations plus relevées.

Or, dix ans plus tard, me voilà, comme le procureur Bernard Farret, à nouveau aux prises avec ce dossier des « Foyers Sonacotra », mais cette fois-ci, et la chose n'est pas facile à admettre, en qualité de mis en accusation !

Ce livre n'est pas le lieu adéquat pour en débattre et mes explications sont bien sûr réservées aux deux magistrats parisiens en charge de l'information judiciaire.

Cependant la méthode utilisée et, comme je l'ai dit en préambule de cet ouvrage, la date à laquelle ce rebondissement inattendu est intervenu m'obligent à souligner l'étrange similitude avec le sort qui fut réservé à ma collègue de Carpentras. L'article du *Journal du dimanche* qui m'avait appris mon infortune ne déformait pas seulement les faits en présentant une discutable péripétie procédurale comme la complicité délibérée d'un détournement d'armes imputé à l'inspecteur Decloedt, il témoignait du même coup d'une fuite médiatique organisée au sein du milieu judiciaire, constituant une véritable entrave à l'exercice de ma fonction en même temps qu'une « violation du secret de l'instruction », qui avait manifestement pour but de me déstabiliser dans la conduite de mes dossiers en cours.

Quelques jours après ce premier article, une journaliste locale m'avait en outre apporté une dépêche de l'Agence France-Presse annonçant : « La Cour de cassation a retiré le 22 septembre 1999 à un juge d'instruction de Grasse un dossier dans lequel un autre juge d'instruction de ce même tribunal serait susceptible d'être mis en examen. » Bien que très maladroitement rapportée, cette information confirmait qu'à mon insu, une information judiciaire avait été ouverte contre moi sous l'incroyable chef de « faux en écriture publique ». En fait, des armes illégales avaient été découvertes cinq ans plus tôt au domicile d'un policier et quelqu'un venait en effet de croire ou de faire semblant d'en conclure que je m'étais personnellement fait son complice en falsifiant le procès-verbal de notre saisie du stock de munitions sur le bateau de Michel Gouge en rade de Cannes, le 28 septembre 1989, avec la bénédiction de toute ma hiérarchie !

Le texte se référait à une *« source judiciaire proche de la Cour de cassation »*. Il m'apprenait que la Cour avait dépaysé l'affaire conformément aux règles de procédure en pareil cas, et à l'initiative de M. Gabriel Bestard, nouveau procureur général d'Aix-en-Provence et ancien procureur de Paris – où, pour de tout autres raisons, comme on va le voir, celui-ci avait déjà eu à s'occuper de mon cas sans que je le sache. Circonstance désolante à mes yeux, je devais lire dès le lendemain dans la presse que mon ancien partenaire au parquet, Bernard Farret, mis en examen en même temps que moi, avait démissionné du poste de procureur de Bastia où il venait à peine de prendre ses fonctions.

Il m'a fallu patienter encore plusieurs jours pour recevoir un appel d'une collègue qui m'a annoncé :

– Je m'appelle Mme Colin, je viens d'être chargée de votre affaire, parce que c'est à Paris que la chambre criminelle de la Cour de cassation a décidé de la dépayser. Je voudrais vous voir d'urgence pour votre mise en examen...

– Écoutez, puisque vous venez juste de recevoir le dossier, pourquoi ne pas prendre le temps de l'étudier et de vous faire une idée plus précise avant de prendre votre décision ?

– Ce n'est pas la peine : c'est déjà tout instruit !

Son siège était donc déjà fait, sans doute parce que la magistrate chargée avant elle d'instruire contre le policier Decloedt avait largement excédé sa propre saisine pour réunir à notre insu le maximum d'éléments contre l'ancien procureur de Grasse et moi-même. C'est en tout cas ce que j'ai soulevé devant la chambre de l'instruction de Paris, devant laquelle j'ai sollicité la nullité des actes accomplis par ce magistrat. Mme Marie-Paule Moraccini avait en effet trouvé le temps de se consacrer à notre cas, malgré son enquête sur la mort mystérieuse du juge Morel à Djibouti, la recherche de ses dossiers disparus de la secte de la Scientologie, ou encore son instruction zélée sur la violation de secret alléguée contre l'ancien substitut de Toulon Albert Lévy, pour laquelle furent mis en œuvre des moyens humains et techniques dont chacun d'entre nous rêverait de disposer dans la lutte contre le grand banditisme.

N'ayant pas connu Albert Lévy à cette époque, j'ai honte d'avouer aujourd'hui que je m'étais dit sur le moment qu'il n'avait pu s'attirer autant d'ennuis sans avoir commis quelque faute. Pas de fumée sans feu, prétendent les imbéciles. Je regrette d'autant plus d'en avoir été un en la circonstance que ce procureur a fait partie des premières personnes venues à ma rescousse lors de mes propres mises en cause.

*
**

Quelques années plus tôt, ma collègue du tribunal de Carpentras s'était efforcée, avec un caractère hors du commun et une honnêteté intellectuelle qui fait honneur à l'ensemble de notre profession, de poursuivre méthodiquement, et sans aveuglement, la recherche des auteurs de l'odieuse profanation.

L'émoi considérable que les faits avaient légitimement causé dans l'opinion, l'exploitation politique de l'affaire devenue d'État, la formidable médiatisation qu'elle connut, n'ont pas détourné un seul instant le magistrat de son seul souci : la quête de la vérité.

Les difficultés liées à la recherche des preuves en l'espèce et la multitude des pistes qui s'offraient aux enquêteurs ont fait que certains ont cru devoir instrumentaliser cette enquête pour en faire un outil de propagande. Comme des milliers de téléspectateurs, je me souviens du discours de Jean-Marie Le Pen soutenant que la justice cachait l'identité réelle des auteurs dans le but de laisser prospérer la thèse d'un acte raciste.

Plus grave encore, je revois le procureur de la République, flanqué sur un plateau de télévision de l'inévitable Me Gilbert Collard, annoncer le dénouement rapide de l'information et la mise en examen prochaine des auteurs – adolescents désœuvrés issus, selon lui, de la bourgeoisie locale –, écartant ainsi, une fois pour toutes, tout caractère antisémite des faits.

Cependant, la juge d'instruction, parfaitement discrète, ne céda jamais aux pressions. Et la foudre s'abattit sur elle sous la forme de l'incontournable dessaisissement de la procédure, assorti d'une ignominieuse campagne de calomnies touchant même à sa vie privée !

À la suite de cette épreuve, notre collègue a décidé de quitter la magistrature, et son choix est respectable.

L'histoire a néanmoins rendu hommage à sa compétence et à son indépendance lorsque plusieurs membres du PNFE reconnurent la commission des faits.

J'ignore s'ils le firent, mais pour ma part je n'ai jamais entendu ni le procureur de la République, ni Me Collard se confondre en excuses, sur une grande chaîne de télévision, à une heure de grande écoute, et reconnaître le gâchis dont ils ont été, avec d'autres, les acteurs.

VII

Les étranges impunités des blanchisseurs d'argent

La proximité de l'Italie et de la principauté de Monaco sont autant d'outils appréciables pour la criminalité financière organisée. Le dossier qui me fut confié en 1989 me permit de toucher du doigt la pratique désormais classique des « prêts adossés », fort prisés des blanchisseurs d'argent, qu'il soit « gris » ou « noir ».

Pour des raisons qui vont apparaître, les journalistes ont baptisé cette histoire aussi souvent « Le Mystère du mort de Saint-Agnès » que « Le Krach de la BIM, la Banque industrielle monégasque ». Pourtant, au départ, il n'avait été apparemment question que d'une escroquerie dont seuls le caractère retors, l'envergure et les répercussions échappaient à la routine.

Pour moi, tout a commencé par la logique centralisation entre mes mains de plusieurs plaintes déposées à partir de novembre 1989, d'abord par des fournisseurs, puis par quelques associés de deux sociétés. Venant de transférer leur domiciliation à Antibes et à Saint-Laurent-du-Var, ces sociétés avaient pour nom la première « Un bruit qui court » et la seconde « Elle court, elle court, la fripe ». Sous l'une ou l'autre de ces deux enseignes, quelque deux cents magasins répartis à travers la France depuis deux ans avaient tenté de vendre, sans grand succès, respectivement des vêtements et des accessoires de mode.

Au premier abord, il pouvait paraître ne s'agir que de réseaux commerciaux ordinaires, fonctionnant selon le principe légal de la franchise. Mais leur créateur, J F, n'était pas un promoteur comme les autres. Fils d'un modeste cafetier de Villefranche-sur-Saône, ce quadragénaire portant beau avait déjà été condamné non moins de huit fois à un total de plus de neuf années de prison pour diverses formes de banqueroutes et d'extorsions de fonds commises dans la région lyonnaise. Et c'est probablement à la faveur de son dernier séjour en prison qu'il avait élaboré ce nouveau projet destiné à l'enrichir.

Son idée de départ semblait banale. Pour obtenir la responsabilité de chacune de ses futures boutiques, ses « clients » allaient trouver nécessaire et suffisant de verser un pas de porte de 300 000 francs. En échange de quoi, à deux pas de chez eux, ils obtiendraient non seulement la direction d'un point de vente, la publicité et le ravitaillement de celui-ci en articles livrés par la maison mère, mais aussi un salaire mensuel garanti, indépendamment du chiffre d'affaires réalisé ! En ces temps de crise, de licenciements et de chômage, l'offre n'était donc pas, à première vue, à dédaigner...

À y regarder d'un peu plus près, toutefois, le mécanisme paraissait relever d'une classique escroquerie qualifiée de « cascade » : salaires et fournitures ne seraient en fait couverts que par les apports en capital de leurs propres bénéficiaires, voire des nouvelles victimes que ceux-là seraient encouragés à présenter au grand patron.

Chacun d'entre nous se souvient des « chaînes » de notre enfance qui auraient dû nous permettre de collectionner rapidement timbres-poste ou cartes postales. Le message en était simple et sa logique, totalement arithmétique : « Adresser dix lettres à dix personnes qui s'engagent à en expédier chacune dix autres... » Les adultes que sont devenus les délinquants en herbe n'ont pas eu à faire preuve d'une grande imagination pour reproduire le même mode opératoire à des fins plus perverses. Les chaînes d'argent prolifèrent régulièrement, avec diverses appellations comme « l'aviateur » ou « la pyramide ».

Il y a quelques années, tout le département des Alpes-Maritimes se trouva ainsi emporté dans un tourbillon de naïveté mêlé d'avidité, pour faire, au bout du compte, d'innombrables victimes.

Généralement réunies par affinités professionnelles, ces pyramides, dont certaines étaient allées jusqu'à fixer leur droit d'entrée à 10 000 francs, se sont multipliées dans l'indifférence des pouvoirs publics.

L'affaire semblait effectivement alléchante : chaque adhérent capable d'apporter dix autres personnes s'acquittant de leur droit d'entrée percevait aussitôt un gain représentant cinq fois sa propre mise ! Le pari paraissait aisé à relever et chacun se disait certain de parvenir sans difficulté au résultat exigé.

Hélas, les lois mathématiques sont têtues. À ce train-là, rapidement, la population de la planète entière ne suffirait plus à alimenter le « jeu ». Bien entendu, seuls les initiateurs, premiers gagnants, perçoivent les gains miraculeux, et lorsque le système s'écroule faute de combattants, les victimes ne se comptent plus.

Le journal *Libération* ne put s'empêcher de souligner, dans un article sur ce sujet, que ma propre greffière avait succombé et perdu le prix de son loyer... Toute démonstration logique et autre mise en garde n'ont que peu de prise contre les marchands de rêve.

Ce mécanisme vieux comme le monde est à la base de bon nombre d'escroqueries dont seul le support change, qu'il s'agisse de vrais-faux diamants ou de timbres rares.

Le système de J F revêtait toutefois une petite originalité : au lieu de permettre d'acheter traditionnellement murs et fonds de commerce, les 300 000 francs dépensés par ses « pigeons » les rendraient acquéreurs de parts sociales à l'intérieur de la société centrale, laquelle allait ainsi demeurer officiellement propriétaire de tous les magasins. Cette astuce se révéla décisive lorsque le promoteur se lança en quête d'une mise de fonds initiale.

– Au départ, je ne cherchais à décrocher qu'un petit capital, devait-il m'avouer plus tard. Mais lorsque je m'en suis ouvert à l'un de mes voisins antibois qui travaillait à la BIM, j'ai eu une bonne surprise !

La surprise, ce fut qu'ayant exposé son projet à Jean-Claude Colcy, directeur de la banque de Monaco, J F s'entendit offrir presque d'emblée un crédit inespéré, puisque supérieur à... 30 millions de francs ! La facilité avec laquelle des fonds aussi considérables étaient mis à la disposition d'un inconnu – qui pouvait d'autant moins cacher son passé qu'interdit de gérance, il était obligé d'utiliser sa jeune compagne comme prête-nom – avait de quoi étonner. À moins de supposer que les condamnations antérieures du promoteur n'aient justement suggéré d'en faire « l'homme de paille » idéal pour des aigrefins d'un niveau beaucoup plus raffiné que le sien.

Il y avait d'autant plus manifestement anguille sous roche que le banquier ne se bornait pas à financer généreusement bureaux, véhicules de fonction et tapageuses campagnes de promotion en faveur des deux sociétés. Il proposait en outre de parachever le système de J F en ouvrant accès à des crédits individuels pour les candidats dont les économies ne suffiraient pas à dégager les 300 000 francs de droits d'entrée. L'établissement ou ses préposés devaient bien trouver dans ce système leur propre intérêt. Mais lequel ?

Sans se poser de telles questions, sitôt nanti par la banque d'un confortable viatique, J F avait entrepris de mener le train de vie lui paraissant correspondre à l'ampleur de ses desseins. Cumulant Porsche, Bentley et vedette *off shore*, il avait notamment attiré l'attention des médias en s'adjugeant aux enchères les célèbres bretelles que le ministre des Finances du moment, Michel Charasse, vendait au profit d'un organisme de lutte contre le sida. Puis il n'avait pas hésité à verser 400 000 francs pour arracher un Vélosolex mis à prix au bénéfice des Restos du cœur. Obtenant ensuite de se faire décerner par un jury incluant un célèbre franchiseur de lunetterie une fantaisiste « médaille du meilleur projet d'entreprise de l'année », il avait enjolivé le tout en se présentant sur ses prospectus de manière équivoque comme « *élu meilleur entrepreneur* devant *Alain Afflelou* »...

De quoi en imposer à ses futures victimes, qu'il

impressionnait davantage encore en les soumettant à de prétendues « épreuves de sélection » fastueusement organisées à ses frais dans les principaux palaces de la Côte. Au dernier épisode d'une série d'entretiens, les « heureux élus » s'entendaient annoncer qu'il leur fallait se hâter pour profiter de conditions de souscription que le succès allait bientôt obliger à relever, en même temps que leur étaient signalées les facilités de paiement providentiellement consenties par la BIM. Ils n'avaient donc que quelques papiers à signer pour que leur boutique soit achetée à proximité de leur domicile.

À partir de là, naturellement, les choses se gâtaient. Les points de vente se révélaient vite médiocrement aménagés, les articles de mode peu attirants et les clients d'autant plus rares. En fait, comme tout système en cascade, l'édifice ne pouvait se maintenir qu'aussi longtemps que les versements de nouvelles dupes venaient pourvoir aux payes antérieurement promises. Et il semblait difficile d'en recruter beaucoup plus que deux centaines...

Dès lors, incapable de continuer à régler salaires et fournisseurs après l'automne 1989, J F avait sagement pris le large. Pendant que sa compagne et son directeur commercial étaient incarcérés à Nice, lui continuait à prétendre monter en personne deux mirifiques magasins à New York. De là, il eut l'imprudence de revenir à Genève, où les policiers suisses avaient reçu le mandat d'arrêt international que j'avais fait diffuser vers la fin de l'année. Ils l'ont arrêté le 26 janvier 1990 et une procédure d'extradition allait enfin me permettre de faire sa connaissance.

*
**

– Je n'ai rien fait de malhonnête ! proteste-t-il dès son arrivée dans mon bureau. Vous ne pouvez tout de même pas me reprocher d'avoir manqué de chance dans mes affaires... Tout au plus, peut-être, ai-je mené tout ça de manière un peu trop désinvolte.

Sur le moment, j'ai d'autant plus de mal à le croire que le naufrage de ses deux sociétés suspectes vient d'entraîner l'effondrement de son principal créancier : la BIM, l'insoupçonnable Banque industrielle monégasque. Et je ne peux m'empêcher de penser que les dirigeants de celle-ci n'ont pu financer une entreprise aussi manifestement louche que moyennant contrepartie. Peut-être en se faisant ristourner clandestinement une partie des sommes officiellement versées à J F ?

– Pas du tout ! Je me suis simplement laissé entraîner trop loin, me répond Jean-Claude Colcy, directeur général de la banque. Bien sûr, j'ai fini par m'apercevoir que nous nous enfoncions dans le rouge, mais j'ai cru qu'il valait mieux persévérer, dans l'espoir de récupérer notre mise...

– Qu'est-ce que vous allez inventer ? réplique de

son côté la présidente, qui a fondé l'établissement en 1975. Pour ma part, j'ai tiré en temps utile la sonnette d'alarme. Si je reste incapable de vous expliquer ce qui s'est exactement passé ensuite, c'est tout simplement parce que je ne me suis jamais occupée des détails des arrangements que prenaient mes collaborateurs et subalternes.

Pareille hauteur de vue et de ton reflète la personnalité du témoin : la princesse Isabelle de Bourbon-Parme, fille du prince Sixte de Bourbon-Parme, veuve du comte Roger de La Rochefoucauld et parente de Son Altesse le prince Rainier lui-même. La convocation de cette princesse pour audition dans mon bureau, le 9 janvier 1991, ne manque évidemment pas d'amplifier le retentissement donné à l'affaire par la presse. Ne tenant pas à accréditer la réputation de justicier acharné contre les aristocrates que les journalistes ne détesteraient pas me tailler, je me hâte d'autant plus d'ordonner un audit financier des sociétés en faillite.

Le rapport de l'expert-comptable m'étonne à bien des égards. Il fait d'abord ressortir qu'aux prêts de plus de 30 millions avancés à J F par la BIM sont venus s'ajouter quelque 20 millions directement soutirés à une minorité de ses associés en franchise, et que 40 autres millions ont été prêtés par la BIM aux plus pauvres de ces infortunés. Au total, l'escroquerie dépasse donc la centaine de millions de francs, une quinzaine de millions d'euros !

Stupeur supplémentaire, l'intégralité de cette

manne apparaît clairement sortie des livres sous forme d'authentiques dépenses, justifiées par des pièces témoignant soit de réels investissements, soit, plus souvent, des prodigalités somptuaires de J F. Celui-ci aurait donc dit vrai en prétendant avoir tout dilapidé personnellement. Et aucune rémunération occulte directe ne saurait expliquer la générosité de ses financiers de la BIM.

Dans le même sens, d'autres éléments comptables confirment certaines déclarations des trois personnes que je viens d'inculper – J F, le directeur général de la banque et sa présidente –, plaçant les deux premières en prison préventive, mais laissant la troisième en liberté sous simple contrôle judiciaire.

– Sentant vaguement que les choses prenaient mauvaise tournure, se défend cette dernière, quelques semaines avant les cessations de paiement, j'ai réclamé que des précautions soient prises par mon directeur général.

– J'ai aussitôt exigé que nos prêts aux franchisés soient garantis par des nantissements sur les magasins qu'ils exploitaient, précise Colcy.

– J'ai signé ça sans hésiter, renchérit J F.

La liquidation judiciaire des deux sociétés « Un bruit qui court » et « Elle court, elle court, la fripe » ne peut donc guère laisser qu'un petit tiers des fonds de commerce à leur crédit. Plus des deux tiers sont automatiquement devenus propriétés de la BIM. Et, à une époque où des chaînes de vêtements anglo-saxonnes, espagnoles et suédoises se disputent le marché français, un tel réseau semble négociable en bloc à un prix suffisant pour légitimer toute cette mystérieuse opération.

Mais alors, ajoutant un tel trésor à d'importants autres actifs, pourquoi diable la BIM vient-elle de faire banqueroute ?

En dehors de ses propres responsables, l'autorité la plus qualifiée pour répondre à cette question semble devoir être la Commission bancaire de la Banque de France, institution de tutelle à la vocation comparable à celle de la COB, la Commission des opérations de Bourse. En l'occurrence, les accords liant Monaco à la France lui confèrent le pouvoir d'intervenir à la demande de notre ministre des Finances, qui n'a pas manqué de la mettre en mouvement. Et je m'empresse par conséquent d'interroger non seulement la commission, mais l'administrateur provisoire, André Mouillon, que celle-ci vient de nommer à la tête de la BIM.

Qu'ont-ils découvert ? Selon la presse, au moins 42 sociétés civiles particulières auraient garanti le secret sur la provenance de quelque 180 millions de francs, près d'une trentaine de millions d'euros. En outre, un nombre indéterminé de prête-noms de nationalité monégasque auraient perçu des redevances annuelles de 1 % sur le capital et de 15 % sur les intérêts de comptes discrètement mis à la disposition de personnes soucieuses de dissimuler leurs revenus et dont certains dépôts auraient dépassé les 20 millions de francs. Ce qui aurait plutôt dû retenir la banque de déposer son bilan. Alors pourquoi cette faillite ?

Je ne reçois aucune explication, ni même la moindre réponse à mes instances réitérées. À défaut, il ne me deviendrait possible de faire légalement expertiser la comptabilité de la banque, dont j'ai inculpé les dirigeants pour un tout autre motif, qu'en obtenant un élargissement de ma saisine. Je sollicite donc le procureur. Une importante partie judiciaire se joue devant la cour d'appel d'Aix qui doit statuer sur l'extension éventuelle du passif des sociétés de J F à la banque elle-même. Dans ce cadre, il serait fort utile de disposer du rapport de la commission bancaire. Je harcèle donc cette dernière de plus belle, alternant cette fois autant d'appels téléphoniques que de courriers, jusqu'à arracher un engagement précis.

Je ne reçois le document promis qu'à la veille d'une audience déjà reportée deux fois de suite. Il se révèle inutilisable, incompréhensible et même illisible parce qu'il ne reproduit qu'une page sur deux du rapport décisif. « Une fâcheuse erreur de secrétariat », prétextent en guise d'excuse mes correspondants.

Le lendemain, la cour d'appel rejette la question de la responsabilité de la banque sans me laisser le moindre recours.

Désormais, seule la justice monégasque aura charge d'instruire le volet bancaire de l'affaire et notamment d'identifier les déposants français et italiens utilisant les comptes monégasques pour y cacher de l'argent d'origine occulte que la BIM leur restituait sous forme de prêt ou d'autorisation de découverts.

La mort dans l'âme, je me résigne à boucler mon dossier en l'état. Je le restitue au procureur en ordonnant le renvoi de mes trois prévenus devant le tribunal correctionnel. J F y sera seul condamné assez lourdement, l'un de ses deux présumés complices se trouvant bientôt remis en liberté, l'autre n'ayant jamais cessé de l'être.

La volonté de confier à la justice monégasque les investigations sur le blanchiment de fonds ne m'apparut pas totalement anodine, compte tenu du tour tragique que devait prendre l'affaire.

*
**

À l'aube du 21 février 1990, les gendarmes alertés par un habitant du village haut perché de Saint-Agnès, dans les Alpes-Maritimes, ont trouvé une BMW blanche abandonnée. À proximité gisait le cadavre d'un homme tué d'un coup de pistolet à grenaille tiré dans la tête à bout portant. Il s'appelait Jean Ferry et avait été le principal collaborateur de Jean-Claude Colcy à la BIM.

Tous les proches de Jean Ferry se sont, paraît-il, longtemps accordés – avec son avocat, Me René Schiléo – à trouver sa mort suspecte. Ils estimaient qu'elle ne pouvait s'expliquer que par des raisons professionnelles. Car son délicat travail aurait consisté à offrir de très discrets placements à ses relations, notamment au sein des clubs élégants de la Côte et de la franc-maçonnerie conservatrice de la Grande Loge nationale de France.

– Il devait fuir des investisseurs furieux de se trouver dépossédés de leurs avoirs par le krach de la BIM, ont suggéré une partie des journalistes.

– Mais pourquoi donc celle-ci aurait-elle fait faillite ?

– Peut-être pour que son règlement judiciaire permette à d'autres de récupérer une partie de leurs fonds convenablement blanchis...

Au sujet de ces « autres », les rumeurs les plus contradictoires ont circulé. Les unes évoquaient l'existence de bons de caisse ou de sociétés civiles particulières appartenant à de lointains investisseurs colombiens. D'autres attribuaient des comptes spéciaux à d'inquiétants hommes d'affaires italiens. Quelques-unes décrivaient des opérations réalisées à titre politique ou personnel par des personnalités nationales et régionales. La plupart, cependant, faisaient plus classiquement allusion à des filières d'évasion fiscale exploitées par un grand nombre de notables des environs.

La récupération officielle d'environ 70 % des fonds clandestinement placés passe en effet pour une excellente affaire aux yeux des spécialistes du blanchiment d'argent sale.

L'hypothèse de fraudes fiscales reste en tout cas la seule qui ait été vaguement accréditée par le juge d'instruction Lefort, chargé d'informer à ma place sur la faillite de Monte-Carlo. Il a finalement envoyé à la condamnation une petite quinzaine d'hommes de paille monégasques, apparemment sans poursuivre aucun de leurs commanditaires régionaux, nationaux, transalpins ou sud-américains. Le dossier d'« Un bruit qui court » est ensuite paradoxalement retourné au silence.

En ce qui me concerne, je réalise aujourd'hui avoir méconnu un aspect important de ce dossier. Parmi les documents dont M. Ferry était porteur à son décès, figuraient le listing de son portefeuille de clients ainsi que sa carte de membre de la loge Saint-Jean d'Afrique, affiliée à la Grande Loge nationale de France. Il sautait aux yeux que la plupart des clients appartenaient aussi à cette loge. De même, parmi les titulaires des comptes sur lesquels Colcy avait dû s'expliquer devant la commission bancaire, nombreux étaient membres de la même obédience maçonnique.

La BIM a-t-elle géré les fonds de plusieurs ministres de la République, comme Colcy s'en est ouvert auprès de plusieurs journalistes, terré dans une petite maisonnette et protégé par un dérisoire fusil de chasse ?

Jean Ferry n'a-t-il pas supporté d'avoir entraîné

ses « frères » dans la faillite de la BIM, ou était-il menacé par des clients italiens comme ses filles en sont persuadées ?

Toujours est-il qu'au terme d'une enquête préliminaire, le parquet de Nice a décidé de ne pas ouvrir d'information relative à la mort troublante de Jean Ferry. Celle-ci lui paraissait pouvoir être expliquée de façon satisfaisante par un geste de désespoir.

Le suicide s'est ainsi révélé à mes yeux comme un épilogue qui allait devenir anormalement fréquent sous le riant soleil de la Côte d'Azur.

*
**

La mort d'un parrain local dont l'identité importe peu ici eut le don de me faire découvrir que les cloisons supposées entre le banditisme et le monde de la politique étaient bien moins étanches que je ne l'imaginais, contrairement à ce que continue de considérer notre institution judiciaire et policière où les services tendent à la spécialisation des enquêteurs et des magistrats.

Dans certaines régions, cette formation à traiter des dossiers de nature particulière se justifie. Il est bon que certains policiers et magistrats s'occupent à titre principal de la lutte contre le trafic de stupéfiants tandis que d'autres s'aguerrissent à la lecture de bilans et de plans comptables, afin de combattre au mieux la délinquance financière. Le commerçant, auteur d'une banqueroute, masquant par différents subterfuges un état de cessation des paiements dans l'espoir de retrouver ensuite un carnet de commande rempli, évolue dans un monde où il a peu de chances de croiser le toxicomane, tenu lui, pour satisfaire ses énormes besoins financiers, de commettre divers délits quasi quotidiens.

Mais sur le ressort des Alpes-Maritimes où j'assure mes fonctions, de tels cloisonnements me sont apparus illusoires.

L'annonce de l'assassinat de monsieur P, criblé de projectiles de calibre 45 et de chevrotines sans avoir eu le temps de se saisir de l'arme de poing qu'il avait l'habitude de porter à la ceinture, fit l'effet d'un coup de tonnerre au sein du microcosme policier.

J'ignorais quant à moi le confortable pedigree de ce monsieur, et je fus très intrigué de découvrir dans les scellés constitués avec le contenu de ses poches, parmi des places pour le match de football Nice-Olympique de Marseille, quelques cartes barrées de bleu-blanc-rouge, une petite somme en espèces, et un courrier émanant d'un élu occupant par ailleurs une position sociale importante à Paris. Ce notable ambitieux adressait à son ami monsieur P son curriculum vitæ afin qu'il puisse le remettre comme convenu à un tiers désigné par les initiales de P M : le rédacteur de la lettre espérait obtenir ni plus ni moins qu'un portefeuille ministériel par l'intermédiaire de son ami, hélas tragiquement abattu !

De nombreux mois plus tard, je m'étonnai que les officiers de police judiciaire en charge de ma commission rogatoire n'aient pas eu la curiosité d'entendre ce personnage pour l'inciter à expliquer ce qui lui laissait supposer que monsieur P avait suffisamment d'influence pour lui permettre d'assouvir de si respectables souhaits. Je me résolus donc à procéder moi-même à cette audition mais je n'en eus pas le loisir, l'intéressé ayant été lui-même assassiné dans le village dont il était maire.

Il s'avéra par la suite que monsieur P entretenait effectivement des relations étroites avec le député-maire d'une autre commune située sur la Côte d'Azur. Néanmoins, comme le dit la maxime populaire, son naturel reprenait parfois le dessus au gré de telle ou telle contrariété. Plusieurs témoins me relatèrent comment monsieur P était entré furibond dans le bureau de l'élu pour le sommer, en termes fort grossiers, d'intervenir au plus vite en sa faveur !

Sa colère était bien compréhensible lorsqu'on saura qu'elle était motivée par la fermeture administrative, pour cause de cession de stupéfiants, de son établissement de nuit, dans lequel il n'apparaissait d'ailleurs que comme un simple salarié, au demeurant maigrement rémunéré.

Le député, magnanime, pardonna les excès de

langage et les propos outranciers, et la boîte de nuit fut rapidement réouverte. Monsieur P n'en profita que quelques semaines, ignorant que ses jours étaient comptés.

L'enquête sur la mort de monsieur P fut longue et malheureusement infructueuse. Elle fut jalonnée de nombreuses péripéties et des dizaines de témoins de tous milieux furent entendus. Parmi ceux-ci, un étrange individu, sans doute complètement délirant, me raconta son initiation dans le milieu local et comment, selon lui, les « patrons » de l'époque le chargèrent de confectionner les enveloppes destinées à certains policiers. « Celui-là, mets-lui un peu plus cette fois-ci, il est en train de faire construire... »

Ce témoin, qui avait sans doute perdu la tête, était néanmoins impliqué dans une autre procédure d'assassinat dans laquelle il s'était accusé et avait mis en cause ses commanditaires.

Faute de pouvoir retenir à sa charge le moindre élément dans le cadre de mon instruction, je me félicitais donc de pouvoir au moins informer mes collègues chargés de l'autre règlement de comptes et leur annonçai :

– Je tiens à votre disposition, dans des locaux de garde à vue, l'individu impliqué dans l'assassinat de X, et qui se trouvait en fuite depuis de nombreux mois !

J'en fus quitte pour m'entendre répondre de bien vouloir faire relâcher cette personne qui n'était absolument pas recherchée.

Mon incompréhension fut décuplée lorsque, quelques mois plus tard, la chambre d'accusation prononça une ordonnance de non-lieu générale, faute de pouvoir disposer de ce précieux témoin à charge !

VIII

Financements politiques et « suicides » contagieux

Un soir de septembre 1991 où j'étais de permanence, les gendarmes de la section de recherches d'Aix-Marseille m'ont saisi d'une plainte qui venait d'être déposée entre leurs mains. Le plaignant, Richard G, agent commercial et directeur de sociétés à Mougins, dans les Alpes-Maritimes, racontait avoir d'abord eu quelques ennuis avec les services du Trésor public. Rendant visite à l'une des nombreuses sociétés satellites du maire de Nice de l'époque, le célèbre Jacques Médecin, il y serait malencontreusement tombé en plein contrôle fiscal. S'étant enquis de son identité, les inspecteurs des impôts l'auraient menacé :

– Ah... oui ! On vous a déjà repéré, vous ! Dès qu'on aura une minute, on ne va pas tarder à venir regarder de plus près votre comptabilité, à vous aussi...

Ainsi alerté et la conscience peu tranquille, l'homme d'affaires s'était précipité pour demander l'aide d'un professionnel avec lequel il se croyait en bons termes. Trésorier principal du IIe arrondissement de Marseille, celui-ci, Pierre C, avait promis de s'occuper de son cas. Et en effet, quelques jours plus tard, il l'avait convoqué pour lui confirmer :

– J'ai vérifié que vous êtes bien dans le collimateur de mes collègues. Si vous pouvez me confier un peu de liquide, je vais tenter de vous arranger ça à l'amiable. Mais j'ai pensé qu'il valait mieux vous présenter, en même temps, quelqu'un qui pourrait vous donner un coup de main...

Le personnage dont il parlait venait de descendre d'une Renault 25 équipée d'un gyrophare. Une bosse de sa veste suggérait qu'il était armé. Athlétique, « beau mec », assez convaincant pour avoir été un moment pressenti en vue d'interpréter le rôle du commissaire N'Guyen Van Loc, alias le Chinois, dans une série policière sur TF1, Fernand Saincené s'est présenté comme commissaire divisionnaire bizarrement responsable à la fois de la Brigade criminelle et des Renseignements généraux. Puis il a expliqué :

– Pour calmer les ardeurs de ma hiérarchie à moi, un peu de pognon ne suffira pas. Le mieux, ce serait que vous me dégotiez quelques solides tuyaux sur des affaires louches qui pourraient intéresser en haut lieu...

Docilement, Richard G avait remis quelque

600 000 francs en espèces au percepteur et entrepris de rédiger un rapport sur un système de financement politique dont il avait eu connaissance dans l'entourage de Jacques Médecin. Il s'agissait d'entrepreneurs de restauration collective qui s'entendaient avec des politiciens municipaux pour relever le prix des tickets de cantines scolaires de montants discrètement ristournés à ces derniers. Selon lui, le procédé aurait connu un tel succès que ses promoteurs avaient ensuite été « sollicités par tous les élus nécessiteux de tous les partis ».

Mais les concessions que Richard G avait ainsi faites n'avaient apparemment pas suffi. À l'en croire, Pierre C aurait en effet continué à le pressurer par la suite et à lui extorquer de nouveaux versements jusqu'à ce qu'il se sente le dos au mur. Bien que prévoyant que sa démarche pourrait se retourner contre lui, il se serait alors résigné à déposer la plainte que les gendarmes avaient préféré transmettre au parquet de Grasse plutôt que de la laisser traiter à Marseille.

Non content d'inculper Richard G, je délivre aux gendarmes une commission rogatoire dans le cadre de laquelle ils vont pouvoir interpeller le fonctionnaire corrompu. À peine celui-ci placé en garde à vue, son complice accourt à la gendarmerie, où il proclame :

– Je suis le commissaire Saincené et voici ma

carte de divisionnaire. Il paraît que vous avez arrêté mon ami C... Alors, je suis venu voir ce qui se passe...

– Ma foi, vous êtes le bienvenu ! ironisent les gendarmes. Asseyez-vous donc. Comptant justement vous parler, nous sommes ravis que vous nous ayez évité d'aller vous chercher !

La routine du contrôle d'identité suffit à établir qu'il n'existe aucun commissaire Saincené aux Renseignements généraux de Marseille. Pas plus qu'à la Brigade criminelle. Ni dans aucun autre service de police français...

Pris au dépourvu en même temps que sur le fait, l'imposteur tente de biaiser :

– C'est vrai que je ne suis pas de la police officielle, mais vous pourrez vérifier que ma carte est parfaitement authentique. En fait, je suis ce qu'on appelle un « honorable correspondant » des services de renseignement...

– Vraiment ? Alors, je suppose que notre agent de liaison à la Piscine, c'est-à-dire au siège de la DGSE, boulevard Mortier, à Paris, n'aura aucun mal à vous faire cautionner par vos officiers traitants ?

– Euh... c'est-à-dire que je ne suis mandaté qu'à l'échelon régional... En fait, je n'y suis officiellement qu'un simple chargé de mission au conseil régional de Provence-Côte d'Azur.

Pour preuves, il ne produit pas seulement un badge l'autorisant à pénétrer au conseil régional et une carte de chargé de mission d'aspect ni plus ni moins convaincant que celui de sa carte de police, mais une crédible fiche de paie datée du mois précédent et lui attribuant cette qualité. Sa fouille réglementaire y ajoute plus singulièrement un revolver Beretta autorisé par un permis de port d'arme et une enveloppe ordinaire contenant une somme de 20 000 francs en espèces. Les gendarmes réagissent aussitôt :

– Tiens, tiens... Pourquoi donc vous baladez-vous armé et avec une somme pareille ? Ce ne serait pas, par hasard, une de vos parts dans les rackets montés avec C ?

– Pas du tout ! Ça, c'est un membre du cabinet du président du conseil régional qui vient juste de me la confier pour payer quelqu'un qui doit me rencarder au sujet d'un trafic de faux champagne à l'OM...

– À l'Olympique de Marseille ? En pleine campagne pour les élections régionales ! Ce ne serait pas par hasard Bernard Tapie qui serait visé ?

– Libre à vous de le croire.

– Et c'est qui au juste, ce membre du cabinet qui a l'argent si facile ?

– Je ne peux pas vous le dire...

– Alors, expliquez-nous au moins qui est censé être votre patron, au conseil régional.

– Je suis employé au service du matériel de Vitrolles.

– Vous ne seriez pas en train de vous payer nos têtes, par hasard ?

– Non, mais je ne peux vous en dire plus sans risquer d'attirer des ennuis à des gens à qui je dois tout...

Drapé dans sa solidarité, il s'enferme dès lors dans un mutisme entêté, qu'il respectera pendant la totalité des trois premiers mois de sa détention préventive. Heureusement, la perquisition parallèlement réalisée à son domicile se révèle beaucoup plus éloquente. Les gendarmes ont la stupeur d'y dénicher d'abord un important lot d'armes et de munitions ; ensuite, des albums de photographies montrant Saincené en compagnie de Valéry Giscard d'Estaing, du président du Sénat Alain Poher et de quelques autres éminentes personnalités politiques françaises, dont il assurait manifestement la sécurité ; enfin, une série de rapports d'enquêtes sur toutes sortes de gens.

Ses sujets d'intérêt apparaissent curieusement diversifiés. Dans une note peu amicale concernant son propre complice Pierre C, il a par exemple enregistré les références de plusieurs contribuables supposés être victimes du même chantage que Richard G. À côté de ça, un jeu de photocopies reproduit le dossier disciplinaire confidentiel du commissaire Levasseur, de la section financière de la police judiciaire de Marseille, récemment sanctionné pour avoir manqué de zèle à élucider la célèbre affaire de financement du Parti socialiste par le cabinet Urba, « l'enquête impossible ».

Ces éléments semblent plutôt recouper les dernières confidences du faux commissaire. La mémoire de son ordinateur, en particulier, regorge de fiches sur lesquelles se trouvent consignés autant de ragots que de faits au sujet des relations avec la pègre d'un joueur ou de responsables de l'OM. L'une des plus choquantes prétend violer le secret judiciaire en reproduisant d'anciens extraits de casier judiciaire n° 1 – théoriquement inaccessible à quiconque – rapportant des condamnations amnistiées ou prescrites encourues dans le passé par le fougueux Bernard Tapie.

*
**

« C'est un scandale ! En pleine campagne électorale, un membre de l'équipe de mes adversaires vient d'être arrêté sans que la nouvelle n'en ait filtré nulle part. Une fois de plus, la justice s'est empressée d'étouffer l'histoire. Alors que s'il avait été question de moi, toute la Canebière en aurait été avisée dès les premières secondes... »

De tonitruantes proclamations de ce genre à la presse signalent bientôt que l'annonce de notre prise est mystérieusement parvenue jusqu'à Bernard Tapie. Simultanément, un jeune avocat marseillais m'appelle de sa part :

– Mon client souhaite venir se constituer partie

civile afin d'avoir accès au dossier de votre instruction ; à moins, bien sûr, que vous n'y voyiez des objections ?

– En aucune façon.

– Dans ce cas, quand pourrez-vous le recevoir ?

– Dès qu'il le souhaitera, sous réserve qu'il ne se fasse pas escorter par une cohorte de journalistes...

– Il n'y tient pas plus que vous. Quel jour vous paraîtrait le plus indiqué ?

– Un samedi après-midi, de préférence, afin de garantir encore plus de discrétion.

Ce rendez-vous, qui ne manquera pas de considérables répercussions pour moi par la suite, représente la première et la dernière fois où j'ai auditionné Bernard Tapie.

Fidèle à la promesse de son avocat, celui-ci se présente à mon cabinet seulement assisté de son conseil, très radouci et apparemment résolu à jouer loyalement le jeu, même s'il ne peut réfréner sa propension aux grands numéros de charme. Flegmatique, j'enregistre les formalités procédurales de rigueur avant de l'autoriser à consulter le dossier qu'il referme vite en concluant :

– Cette affaire de champagne, c'est une plaisanterie... Quant aux fiches de ce monsieur Saincené, ce n'est qu'un ramassis d'affabulations et de lieux communs. Je comprends mieux que vous n'ayez pas cherché à donner à tout cela plus de retentissement...

– Croyez bien, néanmoins, que je suis déterminé

à mener l'enquête à son terme, comme n'importe quelle autre...

– Moi, en tout cas, je n'y ferai plus allusion !

*
**

Sincère ou non sur le moment, Bernard Tapie n'a pas tenu longtemps sa bonne résolution de rester discret au sujet de notre affaire. Il a bientôt laissé entendre à tous les journalistes qu'il a rencontrés que le dossier Saincené recelait des révélations explosives contre ses adversaires politiques. Et ceux-ci ont eu l'insigne maladresse de rétorquer en prétendant ne même pas connaître « l'obscur mythomane » dont il était question dans cette affaire.

Ces derniers mots devaient être de trop. Blessé dans ses amitiés comme dans son amour-propre, au terme d'un trimestre de pénible incarcération, Fernand Saincené demande à être réentendu par moi, en février 1992. Là, il m'avoue :

– Je croyais que ces gens-là étaient mes amis, qu'ils feraient leur possible pour me soutenir et en particulier pour tirer mon épouse du dénuement dans lequel j'ai dû la laisser. J'avais même envisagé de me faire péter le cigare pour ne pas les trahir. Mais puisqu'il paraît que je ne suis qu'un obscur mythomane, je ne vois pas pourquoi je ne répondrais pas à vos questions...

En foi de quoi, il admet sans plus de réticence

que ses fonctions théoriques au service du matériel n'ont jamais été qu'une couverture, un « emploi fictif », selon la terminologie qui deviendra à la mode beaucoup plus tard. En réalité, pendant plus de quinze ans, il affirme avoir été directement chargé de toute la logistique des campagnes électorales. Dans l'attente du poste de chef de la police municipale qui lui aurait été promis en cas de victoire à la mairie, il a été provisoirement promu « chargé de mission » au cabinet de Jean-Claude Gaudin, avec un salaire augmenté de confortables « faux frais de missions ».

Pour vérifier tant soit peu ses déclarations, il paraît indispensable de perquisitionner dans l'une de ces citadelles politiques jusque-là généralement épargnées par les juges : le conseil régional. M'attachant à le faire sans trop d'ostentation, je m'y rends à l'improviste et avec seulement quelques gendarmes. Pourtant, toute la presse se retrouve sur place moins d'une heure plus tard, renseignée par ses propres sources ou, plus probablement, alertée par les intéressés eux-mêmes, qui ne vont pas manquer de dénoncer « une opération médiatique délibérément montée par le juge avec les gendarmes de Tapie ».

Sur le plan judiciaire, cependant, ce transport constitue une avancée. Il ne démontre pas seulement qu'aucun témoin ne prétend avoir jamais simplement entrevu Fernand Saincené au service des parcs et matériels ; il permet aussi de saisir une note du chef dudit service, protestant justement parce que le nommé Saincené est inscrit dans son organigramme et sur ses rôles salariaux sans avoir jamais fourni aucun travail en ces lieux. Je mets enfin plus difficilement au jour la série d'ordres de missions au nom de Saincené que celui-ci a signalée.

Prétendument signés au nom du président Gaudin par son directeur de cabinet, ces documents justifient le placement en garde à vue de ce dernier. Là, le directeur de cabinet finit par reconnaître que Saincené lui a parlé aussi bien du racket fiscal que de l'affaire du faux champagne. Mais il soutient ne l'avoir pas pris au sérieux et nie fermement lui avoir remis quelque somme en espèces que ce soit pour quelque motif que ce soit.

Consulté au sujet du directeur de cabinet, le parquet ne croit pas devoir me refuser un réquisitoire supplétif qui m'autorise à inculper celui-ci pour le « détournement de biens publics » constitué par la création de l'emploi fictif. Mais moins de quatre jours plus tard, son avocat obtient sa remise en liberté par la chambre d'accusation de la cour d'appel. À temps pour qu'il puisse contribuer à la réélection de son patron.

Pour ma part, j'ai estimé plus sage d'attendre la fin de la période électorale avant d'inculper Jean-Claude Gaudin, comme le procureur était venu me le demander avec autant d'insistance que d'inquiétude. Ce qui, entre parenthèses, me fut par la suite reproché sous la forme d'un article du *Canard enchaîné* signalant qu'à Marseille, le juge se réveillait après les élections !

*
**

Dès l'inculpation du président qui vient d'être réélu à la tête du conseil régional, une autre partie de la presse se déchaîne contre moi : « Jusqu'où laissera-t-on aller Murciano ? » s'inquiète un journal local ; et un éditorial s'aventure à affirmer : « Faute d'avoir décelé aucun élément sérieux contre le président, le juge vient d'inventer de toutes pièces le prétendu délit d'"emploi fictif" »... Compte tenu de la fortune qu'a connue cette appellation par la suite, je devais bien souvent regretter de n'avoir pu revendiquer des droits d'auteur pour sa création !

Simultanément, Saincené, moins amadoué par sa remise en liberté provisoire que rendu furieux par les dénégations de ses anciens employeurs, s'acharne désormais à les confondre. Sur ses indications, le dossier s'enrichit de nouvelles pièces tendant à démontrer sa véritable condition au sein du cabinet du président : les fiches de sa propre notation, indiscutablement signées, cette fois, de la main de Gaudin. Ensuite, il nous raconte que lorsqu'il a signalé l'existence d'une filière de racket fiscal au directeur de cabinet, celui-ci lui aurait machiavéliquement suggéré de s'y associer de manière à y trouver une nouvelle source de financement politique clandestin.

– Il ne peut pas le nier, affirme-t-il. Parce que je lui ai ainsi remis de la main à la main quelque 300 000 francs en liquide soutirés à un directeur de clinique locale. Même qu'il les a touchés pendant une fête organisée pour récolter des fonds en faveur de la campagne électorale du Parti républicain, à Miramar.

Lors de leurs investigations pour essayer de contrôler ces dires trop aisément contestables, les gendarmes établirent que la kermesse en question n'avait engendré que de modestes recettes sous forme exclusive de chèques. Cette particularité les déconcerta, car elle impliquait qu'aucun des militants ou sympathisants présents n'y aurait versé la moindre somme en espèces pour cotiser ou souscrire, ni pour boire ou acheter les habituels gadgets étalés sur les stands, dont ils évaluaient pour leur part le chiffre d'affaires à plusieurs dizaines de milliers de francs. La contradiction paraissait d'autant moins acceptable que Saincené témoigna à l'inverse :

– J'ai personnellement mis en garde le trésorier qui était imprudemment en train de compter ses liasses à l'arrière d'une voiture.

– C'est vrai que j'ai peut-être oublié d'enregistrer une petite cinquantaine de milliers de francs, concède l'élu incriminé. Et c'est embêtant, parce que je vais être obligé de refaire complètement mes comptes de campagne !

Ce qu'il ne soulignait pas, c'est que son omission, son erreur ou sa fraude pourrait justifier l'annulation du scrutin. Ses amis semblaient avoir d'autant plus de souci à se faire que je venais de recevoir un courrier anonyme – mais à en-tête du conseil régional – me signalant l'existence d'au moins un autre emploi tout aussi fictif que celui de Saincené.

Une telle missive suppose de ne pas prendre à la lettre son contenu, d'autant que dans le climat délétère de la campagne électorale préalable à l'élection du président de la région, toute dénonciation justifiait une extrême prudence. Je décidai donc de vérifier les assertions de cette feuille sans signature en profitant de ce que le code de procédure m'autorisait à poursuivre l'instruction aussi longtemps que celle-ci ne nécessitait aucune mesure coercitive.

C'est donc sur la coopération spontanée des personnes concernées que misait la commission rogatoire par laquelle je chargeais les gendarmes d'enquêter sur ce second emploi présenté comme fictif. Ceux-ci découvrirent ainsi que le salaire de sa bénéficiaire, une certaine Mme Brigitte R, semblait avoir brusquement cessé de lui être versé par le conseil régional à peu près au lendemain de l'arrestation de Saincené. Disant en avoir exigé le rétablissement devant le conseil des prud'hommes, celle-ci apparaissait ensuite avoir conclu un arrangement avec l'avocat du conseil régional, qui en était en même temps le vice-président. Au terme de leur transaction, Brigitte R se serait désistée de son action en échange d'une indemnité. Celle-ci lui aurait été versée sous forme d'un chèque personnellement tiré par Jean-Claude Gaudin au débit d'une association culturelle en demi-sommeil qu'aurait créée son prédécesseur socialiste et qui continuait néanmoins à être subventionnée. La consultation des derniers relevés bancaires faisait état de règlements attribués à une société IPSOS, laissant supposer d'éventuels sondages d'opinion, plausibles en cette période électorale.

Les présomptions de détournements de fonds publics m'apparurent à ce stade trop graves pour que je tarde davantage à réclamer un réquisitoire supplétif. Mais le parquet, loin de me l'accorder, choisit au contraire de solliciter l'annulation des dernières étapes de mon information devant l'habituelle chambre d'accusation de la cour d'appel. Celle-ci lui donna plus que satisfaction par un arrêt qui relevait notamment : « Le juge d'instruction grassois, destinataire de la lettre anonyme révélant certains aspects du fonctionnement du conseil général, notamment dénonçant les emplois de complaisance, voire l'existence d'une caisse noire, se laissait entraîner à entreprendre des vérifications approfondies sur le conseil régional, ses employés et des organisations satellites, ceci en l'absence de toute saisine préalable et de toute compétence territoriale. »

La chambre me dessaisit alors de la partie la plus brûlante du dossier. Par surcroît de précaution, elle en confia le règlement à son président en personne, M. Jean-Claude Mistral. Celui-ci le conclut en rendant une ordonnance de non-lieu en faveur du directeur de cabinet et de Jean-Claude Gaudin lui-même, quelques jours après le retour de leurs amis politiques au pouvoir.

C'est à propos de cet épisode que l'adjudant-chef Commandré est venu déposer à l'audience publique du Conseil supérieur de la magistrature où j'ai comparu, sous la foi du serment prêté.

La procédure, lavée de tous ses débordements politico-financiers, était ainsi redevenue une simple affaire de droit commun où Fernand Saincené était présenté comme le cerveau d'un racket fiscal impliquant bon nombre de fonctionnaires corrompus et de contribuables corrupteurs.

L'intéressé aurait eu cependant bien du mal à supporter un tel premier rôle, les mécanismes de la corruption mis au jour étant d'une particulière complexité. À tel point que les hauts responsables du service du ministère des Finances, venus examiner le dossier de chacun des fonctionnaires impliqués, furent incapables d'enrichir la procédure du moindre fait nouveau !

Le dossier se cantonna donc aux seules turpitudes que Fernand Saincené avait lui-même découvertes avant de les consigner maladroitement dans la mémoire de son ordinateur.

J'y découvris avec effarement que certains contribuables pouvaient corrompre des fonctionnaires dans le but d'être inscrits à leur programme de vérification... Ils se voyaient ainsi « redressés » d'une somme au titre, par exemple, d'un simple rappel de TVA, ce qui constituait néanmoins un élément de satisfaction pour la hiérarchie du vérificateur. Quant au contribuable, il s'achetait ainsi environ sept années de tranquillité, puisque les faibles moyens humains des services fiscaux ne leur permettaient pas de remettre en œuvre plus rapidement une nouvelle vérification.

Autre procédé mettant en cause un mode opératoire que Saincené n'avait pas vraiment compris, et que l'instruction permit de préciser : un contribuable ayant fait l'objet d'un lourd redressement introduisit un recours et offrit au percepteur une hypothèque sur ses biens immobiliers. Conformément à la règle en la matière, muni de cette garantie, et avisé de l'enregistrement du recours par son collègue, le percepteur pouvait surseoir à l'exécution du recouvrement des sommes dues. Il ignorait avoir soigneusement classé dans ses dossiers un faux document, muni d'un faux numéro, alors qu'aucun recours n'avait été réellement formé ! Tandis qu'il attendait respectueusement la décision de la juridiction d'appel, la condamnation pécuniaire se prescrivit et le contribuable corrupteur fut rapidement libéré de toutes dettes fiscales.

Une autre histoire que l'enquête a mise au jour, encore une fois grâce aux indices que Fernand Saincené avait réunis, pourrait s'intituler « l'ami qui vous veut du bien »...

C'est en effet par un ami tout à fait bien intentionné que M. X, professeur en médecine, chirurgien reconnu et patron de clinique marseillais, apprit à son grand désarroi qu'il allait faire l'objet d'un sérieux redressement fiscal.

– J'ai su par une indiscrétion que vous étiez dans le collimateur des services fiscaux. Vous n'auriez fait aucune déclaration de revenus depuis plusieurs années...

– C'est impossible, rétorque notre praticien, j'opère quinze heures par jour, j'ai donc un expert-comptable qui gère toutes ces questions. Je ne traite que des cas très lourds pris en charge par les mutuelles qui ne manquent pas de déclarer au centime près tout ce qu'elles me reversent au titre du tiers-payant !

– Et pourtant, regardez le document que j'ai pu me procurer grâce à une relation...

L'ami brandit un feuillet muni de tous les tampons et mentions garantissant son authenticité. Il ne s'agit en réalité que d'une simulation éditée sur l'ordinateur d'un fonctionnaire qui mentionne quelles seraient les conséquences d'un éventuel redressement fiscal, calculant au plus fort pénalités de retard et de mauvaise foi.

L'une des mentions achève d'ébranler le professeur, celle qui indique l'intention de l'administration d'engager des poursuites pénales devant le tribunal correctionnel.

– Mais je ne pourrais plus opérer !

Comme chacun sait, un ami aussi précieux ne peut se contenter d'apporter une si mauvaise nouvelle. Afin d'amortir un tel choc, celui-ci informe donc notre chirurgien qu'il est à même d'entrer en contact avec un haut personnage de la fâcheuse administration. Lequel, moyennant finance, pourra arranger tout ça.

Le précieux ami, effectivement missionné par quelque fonctionnaire véreux, avait eu l'indélicatesse de majorer le prix demandé d'une somme de 500 000 F pour son propre compte, et ce, bien évidemment, à l'insu du contribuable devenu corrupteur. Ce dernier ne disposant pas des fonds, son sauveur alla même jusqu'à lui prêter cette somme supplémentaire.

Lorsque je mis en examen les fonctionnaires, l'ami indélicat et le professeur, ce dernier remboursait régulièrement et scrupuleusement ce qui lui avait été ainsi prêté avec autant de cœur.

Épuisé par la garde à vue, atteint par tant de trahison jusqu'au plus profond de son être, le professeur s'évanouit dans mon cabinet, dès mon arrivée.

Moi qui ne suis pas même secouriste, je dus ainsi porter les premiers secours à un chirurgien talentueux...

*
**

Après mon dessaisissement et la mise hors de cause des personnages politiques, vrais-faux employeurs de Fernand Saincené, voilà ce qui restait désormais de ce dossier : une simple affaire de « ripoux du fisc », dirigée par le prétendu cerveau du faux commissaire.

Restait évidemment ce que Fernand Saincené pourrait dire lors de son propre procès, devant la VIe chambre correctionnelle de Marseille, le 5 mai 1994.

Mais il n'y révélera rien. Il n'accusera pas plus qu'il ne se défendra, il ne comparaîtra pas plus qu'il ne parlera.

Tout simplement parce qu'il est déjà mort. Son corps et celui de son brave agent d'assurances de frère, Christian Saincené, ne seront retrouvés que le 20 mai à l'avant d'une Peugeot 106 dans le garage de la villa Jasmine, voiture et villa toutes deux louées à Tourtour, dans le Var. Les deux hommes paraissaient avoir absorbé de fortes doses de barbituriques avant d'être asphyxiés par l'oxyde de carbone émis par le tube d'échappement de leur voiture, relié à l'une des fenêtres par un tuyau en caoutchouc.

Comme tout le monde, j'ai appris ce drame par la presse. Je me souviendrai toujours de ce coup de téléphone un matin à mon bureau, émanant d'une radio dont le journaliste, me croyant déjà informé, souhaitait recueillir mes réactions.

Je me fis répéter plusieurs fois que ces deux hommes étaient morts, deux frères, et je balbutiai, sans réussir à cacher une très profonde émotion qui me submergeait, que quelle que soit l'issue de l'enquête, qu'ils se soient suicidés ou qu'ils aient été assassinés, leur disparition était la conséquence d'un dysfonctionnement judiciaire. Je persiste à penser que leur mort tragique découle très directement de l'annulation de pièces de la procédure qui privait Saincené de son moyen de défense.

Je relus plus attentivement la lettre que j'avais reçue de Fernand Saincené, quelques jours plus tôt, où il m'écrivait notamment de manière très combative : « J'ai continué à fouiller et j'ai fini par trouver ce que je cherchais. Vous allez bientôt pouvoir constater que, pour qui vous savez, votre mise hors circuit était devenue une question de vie ou de mort... »

Apparemment, je n'avais pas été son seul correspondant posthume puisqu'une dépêche de l'Agence France-Presse largement reproduite signalait peu après : « Une lettre au juge Renaud Van Ruymbeke menaçant de faire de graves révélations et les circonstances non formellement élucidées dans lesquelles les frères Saincené ont trouvé la mort ont contribué, mardi, à alimenter le trouble qui entoure cette disparition, même si les enquêteurs persistent à penser qu'il s'agit d'un double suicide. »

Sur le moment, cette dernière thèse a en effet été mise en doute. Beaucoup de gens se sont étonnés que deux hommes mûrs – dont l'un innocent de toute faute – se soient volontairement donné la mort après avoir loué non pas une, mais deux voitures, ce qu'ils n'auraient vraisemblablement fait que de façon à augmenter leurs chances d'échapper à un éventuel attentat sur la route qui les conduirait à Rennes pour y rencontrer le conseiller Van Ruymbeke. La famille, pour sa part, a d'abord cru devoir porter plainte contre X, entraînant l'ouverture d'une information confiée au juge d'instruction Philippe Guémas, du tribunal de Draguignan.

Dans son ordonnance rendue le 20 décembre 1994, mon collègue avait conclu au suicide, en relevant que « le corps de Christian Saincené ne présentait aucune plaie au thorax » justifiant d'accréditer un meurtre ou un assassinat. Il interprétait de la sorte les expertises des professeurs Piva et Lazarini qui avaient indiqué au mois de mai précédent : « Les investigations médico-légales des deux collèges d'experts n'ont pas mis en évidence de traces d'importantes violences susceptibles d'entraîner le décès des frères Saincené. »

Me Yves Soulas, défenseur des dernières compagnes des défunts, Mmes Lucienne Salord et Annick Perez, avait contesté ce point de vue, notamment sur la base de témoignages de pompiers joints au dossier. L'un déclarait : « Personnellement, j'ai pensé à un suicide déguisé, car j'ai constaté que le conducteur avait sa chemise rouge à carreaux blancs tachée de sang au niveau du dos et de l'épaule, du côté droit. J'en ai tiré la conclusion qu'il avait dû prendre un coup sur la nuque. » Un autre notait : « Peu avant de repartir, le maire nous a dit qu'il avait remarqué une tache de sang sur l'arrière de la chemise, au niveau de l'omoplate droite de la personne qui était assise au volant de la voiture. Je me suis donc rapproché un peu du véhicule, toujours sur la porte du garage, et j'ai effectivement constaté cette tache de sang séché sur la chemise du gars... »

Relevant que les enquêteurs avaient ensuite trouvé une bouteille d'éther sur les lieux, l'avocat s'était en outre étonné :

– Ce produit n'aurait-il pas pu servir à neutraliser les frères Saincené avant leur asphyxie ?

Se disant indigné de ce que le juge n'ait guère accordé d'importance à ces indices, il avait introduit contre lui, sans succès, une requête en suspicion légitime. Et c'est donc finalement la fameuse chambre d'accusation d'Aix-en-Provence qui a eu à répondre à la question cruciale : s'agissait-il d'assassinats déguisés en suicides par des tueurs ou de suicides maquillés en assassinats par des mythomanes ?

La chambre a tranché en faveur de la seconde hypothèse. Officiellement, les Saincené se sont donc suicidés. Ce qui tendrait au moins à confirmer combien le climat de la Côte peut se révéler débilitant...

*
**

Une fois encore, il était fait de Fernand Saincené le portrait d'un mystificateur capable d'avoir entraîné ce frère tant aimé dans la mort, ou pire encore de l'avoir lui-même assassiné, pour mettre en place une ultime imposture dont le mobile continue de m'échapper.

Je savais pour ma part que l'usurpation de la qualité de commissaire divisionnaire en poste à Marseille était une prouesse bien au-delà des capacités de Fernand Saincené. J'en avais acquis la certitude à la suite d'un appel téléphonique qui avait précédé de quelques jours mon dessaisissement.

– Je suis un haut fonctionnaire de l'administration fiscale, et je prends les devants, monsieur le juge, car je suppose que vous souhaitez m'entendre.

– Et pourquoi devrais-je vous convoquer ?

– Parce que moi aussi, j'ai travaillé avec le commissaire Saincené.

Et mon interlocuteur de me faire le récit hallucinant d'une enquête extrêmement importante qu'il avait menée durant plusieurs mois. Cette enquête l'avait conduit à suspecter un trafic de stupéfiants ou un réseau de main-d'œuvre clandestine, et lui avait permis de constater des mouvements de fonds de plusieurs centaines de millions de francs !

L'ampleur des investigations le dépassa bientôt et il fut logiquement amené à solliciter la collaboration de la section financière du SRPJ de Marseille.

Il reçut aussitôt la visite d'un véritable commissaire qui lui présenta son collaborateur chargé de cette affaire, en la personne de Saincené.

– Je sais, remarqua mon interlocuteur, j'aurais dû exiger de voir sa carte...

– Il vous en aurait présenté une, le rassurai-je aussitôt.

J'écoutai, éberlué, la suite du récit. Après quelques mois de collaboration avec le commissaire de pacotille qui, lui, avait été introduit par un véritable représentant de « l'Évêché », ce fonctionnaire fiscal s'était aperçu de l'inefficacité de son action et avait choisi de saisir le parquet de Draguignan, territorialement compétent, qui ouvrit une information judiciaire.

Celle-ci fut clôturée par une ordonnance de non-lieu, de laquelle il résultait que les mouvements de fonds constatés provenaient d'une sorte de cavalerie quasi pathologique, mise en œuvre par un simple agriculteur, et que le fonctionnaire avait probablement fait preuve d'une trop grande imagination.

Quelques mois plus tard, une autre facette des activités de Saincené et de ses employeurs du conseil régional m'apparut sous la forme d'un article publié par un hebdomadaire. Il y était fait état d'une relation de Fernand Saincené, très proche d'un certain Claude Rigozzi, abattu entre-temps dans sa splendide villa de Montauroux, dans le Var.

Ce dernier, connu des services de police comme un personnage important dans le cadre de la juteuse exploitation des machines à sous illégales sur tout le ressort de la région PACA, avait besoin, pour justifier de rentrées d'argent massives en espèces, d'offrir en guise de justificatif la preuve d'une activité parfaitement honorable.

Selon cet article, c'est le service que pouvait lui rendre la relation de Fernand Saincené en créant en cascade une série de sociétés se facturant et se refacturant diverses prestations dans le domaine de la production de cassettes vidéo.

Et il apparaissait que l'unique client à l'origine de ce montage financier était un client fort honorable et respectable, puisqu'il s'agissait du conseil régional qui rémunérait la société INTV, selon... un forfait annuel.

IX

La chambre du Président

Des affaires comme celles que j'ai retracées jusqu'ici ne m'avaient pas encore irréfutablement démontré l'existence de véritables mafias associant politiciens corrompus, fonctionnaires vénaux, financiers véreux et gangsters de bas étage. Mais l'action souterraine de tels réseaux organisés s'est dévoilée dans l'intervalle, dès que le hasard m'a conduit à m'intéresser aux tractations immobilières du littoral.

Cela a commencé avant 1993, lorsque je me suis trouvé chargé d'explorer les fondations d'une opération surnommée la « Batterie de la Maure ». Cette appellation était celle d'un vieux fort militaire qui avait naguère hébergé un dépôt de munitions en surplomb du magnifique rivage de Vallauris. À travers la société publique Aérospatiale, le ministère de la Défense y demeurait propriétaire d'un terrain quasiment invendable dès lors que, site classé, il demeurait inconstructible.

Par des voies mystérieuses, un nommé Cros en avait pourtant reçu promesse de cession moyennant 18 millions de francs, sous réserve justement de l'obtention d'un permis d'y construire. Sans doute aidé au début par son puissant vendeur de ministère, par le préfet et par le maire Pierre Donnet, il avait bientôt décroché ledit permis, que les plans d'exécution allaient largement dépasser en vue d'édifier une résidence de grand luxe avec terrasse et piscine individuelle pour chaque appartement. Alléchés, des promoteurs suédois avaient ensuite racheté le projet et commencé à le réaliser en investissant jusqu'à 100 millions de francs (15 millions d'euros) pour édifier deux étages au-dessus de 5 500 mètres carrés de parkings souterrains avant que les autorités ne fassent bloquer l'entreprise par le tribunal administratif, aiguillonnées qu'elles étaient par les nombreuses plaintes des riverains.

Ce sont ces malheureux Suédois que j'inculpe en premier lieu, sur la base des indications qui me semblent normalement fournies par Marie-Claire Estabes, la directrice du service juridique contentieux et foncier de la DDE, la Direction départementale de l'Équipement. Mais l'architecte ardéchois que j'inculpe logiquement proteste ensuite :

– Tout m'a paru parfaitement en règle jusqu'à ce que je demande le permis de raser l'ancien fort.

Là, à ma grande surprise, les gens de la mairie et de la DDE sont venus me notifier que l'architecte en chef des Bâtiments de France s'opposait catégoriquement à la réalisation du projet. Mais ils ont aussitôt ajouté que, pour passer outre à son veto, il me suffirait de leur représenter les mêmes plans sous l'intitulé de « projet d'aménagement », et non sous celui de « projet de démolition ».

De fait, je vérifie aussitôt qu'un projet rigoureusement identique a été déposé le jour même du retrait du précédent. Pour gagner du temps, la nouvelle expression « d'aménager » du permis d'aménager avait même été rajoutée sur un collant par-dessus les anciens mots « de démolir » du permis de démolir. Et les fonctionnaires de l'Équipement me confirment sans se faire prier que ces dispositions ont été prises sur ordre exprès de leur hiérarchie.

Je me trouve ainsi devant la désagréable obligation d'inculper la directrice du service juridique contentieux et foncier de la DDE en même temps que le sous-préfet dont elle dépend. Déférés puis condamnés ultérieurement en tribunal correctionnel, ils interjettent appel. Marie-Claire Estabes finira par s'entendre relaxer en considération du fait qu'elle n'a agi que sur l'ordre du sous-préfet, dont la condamnation se trouvera au contraire confirmée.

Mais l'arrêt les concernant ne devait être rendu que bien longtemps après qu'une seconde et beaucoup plus grave affaire m'eut incité à mettre en cause les grands et petits mondes gravitant autour de la même responsable de l'Équipement.

*
**

En cette époque de crise, presque tous les milliardaires en pétrodollars du monde se sentaient tenus de se faire édifier une fastueuse résidence sur la Côte d'Azur. Mais les plans d'occupation des sols et autres restrictions administratives entravaient souvent la magnificence de leurs munificents projets de constructions. Aussi s'en remettaient-ils généralement à l'agent immobilier le plus réputé de la Croisette, à Cannes.

Ancien rapatrié d'Algérie, Claude Muller ne parle pas seulement l'arabe : il passe pour évoluer au milieu des réglementations foncières et d'urbanisme comme un grand poisson dans l'eau trouble. C'est ainsi qu'il fut amené à construire le palais de l'émir du Qatar sur les hauteurs de Cannes, pour lequel ce dernier déboursa environ 150 millions de francs.

Satisfait de cette prestation, dont il fut établi plus tard que son prix réel était à peu près trois fois moindre, son excellence Issa al-Kawari, Premier ministre du Quatar, lui confie l'édification de sa propre résidence.

Se reposant sur ses mandataires en ce qui concernait la réglementation en vigueur, le ministre se montra peu regardant sur le montant de la facture dès lors que la maquette qui lui fut présentée reçut son agrément.

On imagine aisément le désarroi de notre Premier ministre, pourtant, quand ayant déboursé plus de 50 millions de francs, versés à Genève, il apprit que des huissiers de justice, munis d'une ordonnance du président du tribunal de Grasse, étaient en train de faire édifier un mur séparatif le privant de l'accès à sa propre villa, à la requête de son voisin koweitien !

Il découvrit ainsi non seulement avoir construit sur une zone « non edificandi » (non constructible), mais encore sur le terrain de son voisin. Qui plus est, il lui fut donné connaissance, par là même, de dépassements de surfaces construites très importants eu égard à la capacité réelle du terrain acquis, et de la sanction encourue, à savoir la démolition de l'essentiel de sa résidence.

Il entreprit aussitôt de déposer une plainte pour escroquerie, et je me souviens encore de la phrase qu'il prononça lorsque je l'entendis pour la première fois à propos de cette maison qu'il n'avait finalement jamais occupée, mais qui lui avait coûté si cher :

– Je croyais acheter une demeure, monsieur le juge, pas des embêtements...

Et de nouveau, cette affaire qui allait me mobiliser pendant de nombreux mois m'échappa par le biais d'un dessaisissement ordonné par la chambre d'accusation d'Aix-en-Provence. L'une de mes collègues fut désignée pour me suppléer, puis, à son départ pour une autre juridiction, son successeur dans le même cabinet.

La première n'effectua aucun acte, ce qui a au moins le mérite d'échapper à la critique, et le second se contenta d'une audition pour éviter que la prescription fût acquise.

Peine perdue, puisque quelques jours à peine après ma confrontation devant le Conseil supérieur de la magistrature, sous la même présidence de M. Cannivet, l'assemblée plénière de la Cour de cassation mit un terme définitif à ce dossier pour des raisons d'ordre procédural.

Une fois encore était démontré que le changement de juge, décidé par une chambre d'accusation afin que les procédures évoluent mieux et plus vite, constitue en réalité un coup de frein à la recherche de la vérité – dans le meilleur des cas – et, le plus souvent, sonne le glas des enquêtes en cours.

Changer de juge est donc un excellent moyen pour les réseaux d'influence qui nourrissent l'intention de mettre un terme à l'avancement d'une enquête gênante. Mon ex-collègue, Thierry Jean-Pierre, qui sait de quoi il parle, a écrit en 1995 un petit ouvrage de vulgarisation tout à fait remarquable où il expose de façon méthodique, avec talent et humour, en quelques lignes bien senties, comment entraver la mission des juges d'instruction trop zélés. Après avoir rappelé que la meilleure méthode pour le parquet consiste à ne point les saisir, il évoque, entre autres, le jeu des mutations-promotions qui aboutit, de façon beaucoup plus feutrée et discrète, au même résultat que les dessaisissements.

Tout magistrat normalement constitué aspire en effet à accéder au grade immédiatement supérieur au sien, et dès que ce souhait se réalisera, il postulera aussitôt pour tenter d'atteindre une marche supérieure dans cette ascension que constitue la carrière. L'un de mes enseignants à l'École nationale de la magistrature ne plaisantait-il pas lorsqu'il énonçait, non sans une certaine malice, que « tout le temps passé au travail était perdu pour l'avancement » ?

Ce faisant, lorsqu'un magistrat du siège, comme le juge d'instruction, sollicite une nouvelle affectation, il doit établir une liste la plus large possible de postes qu'il s'engage expressément à rejoindre. Il renonce ainsi à la protection statutaire qui fait que les juges sont par principe inamovibles, à savoir qu'il n'est pas possible pour le pouvoir exécutif de les muter d'office, lorsque par exemple ils se trouvent en charge d'un dossier sensible.

Pour ma part, n'ayant jamais sacrifié au rituel de la « fiche de desiderata », deux solutions seulement subsistent : le dessaisissement de la procédure ou la mutation disciplinaire, comme on le verra plus loin.

L'affaire de la villa al-Kawari et ses péripéties me permit néanmoins de toucher concrètement du doigt certains mécanismes du blanchiment de l'argent, quand j'interrogeai un samedi soir, vers 19 h 30, le gérant de la société de Vaduz où son excellence le Premier ministre du Qatar avait été invité à verser des fonds.

Un avocat de renommée internationale, longtemps retranché derrière les conventions diplomatiques et l'éternel secret professionnel lié à son ordre, m'éclaira sur ce sujet lorsqu'il fit l'objet d'un mandat d'amener notifié sur le sol français le 15 mars 1993, alors qu'il venait par ailleurs de subir une garde à vue dans le cadre d'une autre enquête, après l'assassinat dans les sous-sols de l'hôtel Gray d'Albion de Cannes de l'une de ses plus proches relations, l'avocat Me Lucien Henrisey.

Ce samedi était précisément le jour de son anniversaire et un taxi l'attendait devant le tribunal de Grasse pour le conduire, dans la meilleure hypothèse, jusqu'à l'aéroport de Nice. Un dernier avion pourrait éventuellement le reconduire vers Genève où son épouse faisait patienter de nombreux invités.

C'est dire que mon témoin était pressé de coucher sur le procès-verbal ce qu'il avait à me déclarer. À tel point que lorsque le ruban de l'anachronique machine à écrire réclama d'être remplacé, c'est lui-même qui se chargea de l'opération, estimant que ma greffière ne s'exécutait pas assez vite. Et il ne se hâta pas moins de me renseigner :

– La société qui vous intéresse fait partie d'une cinquantaine de coquilles vides que je maintiens en permanence à la disposition de mes clients. Pour réaliser des opérations bien précises et limitées dans le temps, comme la villa dont vous vous occupez, les uns ne peuvent qu'y verser de l'argent, comme le ministre, les autres ne peuvent qu'en retirer, comme l'agence immobilière... À l'issue de l'opération, je verse le reliquat sur un compte numéroté que m'indique le donneur d'ordre « out », et la société se trouve à nouveau libre pour un nouveau client.

Plus tard, ce type de système fera l'objet de maintes dénonciations et poursuites tant au Liechtenstein qu'au Luxembourg, à Monte-Carlo qu'à Genève, au Panama ou aux îles Caïman, que ce soit au sujet de financements politiques, de corruptions pétrolières ou de trafics d'armes.

Quoi qu'il en soit, après le dossier du conseil régional PACA, celui de la villa du Qatar était en réalité le troisième dont la chambre d'accusation m'avait jugé indigne, ce qui était certes peu au regard des 1 700 procédures, environ, que j'ai traitées au tribunal de Grasse. En effet, un deuxième dossier avait connu entre-temps un sort identique, qui présentait avec celui du Qatar des liens de connexité tels qu'ils ne pouvaient qu'aboutir à mon dessaisissement. Mais si cela m'apparaît évident aujourd'hui, tel n'était pas le cas dans le feu de l'action, quand j'instruisais sans le savoir ce que l'on pourrait appeler une affaire d'État, alors que je croyais poursuivre une simple infraction aux règles d'urbanisme.

Lors d'une audition, des représentants de l'émir du Qatar m'avaient signalé en effet qu'avant le terrain objet de notre contentieux, l'agence leur avait proposé une villa, idéalement située et d'une immense surface habitable, qui n'avait finalement pas retenu leur attention.

S'agissait-il d'une tentative d'escroquerie complètement distincte ? Le procureur Farret semblait le craindre, puisqu'il s'est empressé d'ouvrir une information sur cette question. De surcroît, le président du tribunal de grande instance m'a considéré comme le mieux à même de la mener à bien.

Et nous avons contribué du même coup à faire éclater l'un des plus mystérieux et retentissants scandales en la matière.

*
**

Il s'agissait des 17 498 mètres carrés – près de 2 hectares – de l'un des plus beaux emplacements de toute la Côte d'Azur : l'extrême pointe du cap d'Antibes. Situé en amont du phare de la Garoupe, ce terrain en principe non constructible, dit de la presqu'île de l'Ilette, n'était occupé que par les ruines d'une ancienne petite masure.

La propriétaire en était une vieille dame américaine, Mme Georgette Saffian. Presque chaque année, elle renouvelait sa demande de permission pour restaurer, voire agrandir un peu son inhabitable maison, comme cela pouvait être toléré. Mais Pierre Merli, le maire et député radical d'Antibes, ancien résistant et compagnon d'évasion de François Mitterrand, n'avait jamais cessé de s'y opposer. Antoine Lozano, soi-disant homme d'affaires de la vieille dame, avait donc fini par la convaincre de vendre pour la somme relativement modique de 7 millions de francs.

Péripétie consternante, spéculant sur la confusion faite par sa cliente âgée entre anciens et nouveaux francs, l'homme d'affaires indélicat ne lui avait d'abord versé que... 70 000 francs ! Mais sa supercherie avait été heureusement détectée, et il l'avait payée d'une peine de trois années de prison ferme.

Totalement extérieur à cette minable histoire, l'acheteur se trouvait avoir été découvert par Claude Muller, l'agent immobilier déjà rencontré dans l'affrontement entre les ressortissants du Koweit et du Qatar. Quant à la société civile immobilière constituée pour l'achat et le réaménagement de ces ruines du cap d'Antibes, elle appartenait à son propre gendre, Christian Pellerin. P-DG de la Saari-Seri, ce grand promoteur immobilier était lui aussi réputé proche de François Mitterrand et renommé comme l'un des principaux constructeurs du nouveau quartier de la Défense, près de Paris.

Christian Pellerin se trouvait à ce titre impliqué, à l'époque, dans une sombre histoire concernant la tour du pétrolier BP dont il allait se tirer par un non-lieu, avant d'être poursuivi pour « délit d'initié » dans l'affaire de la Société générale. Il allait être de nouveau inquiété dans le cadre de sa nouvelle acquisition qu'on appela depuis, dans la procédure, la « villa Pellerin ».

Alertée par l'importance de la noria de camions venant œuvrer à la prétendue restauration du site antibois, une voisine, Mme Monmarson, avait multiplié les protestations auprès de la préfecture et de la Direction départementale de l'Équipement, dont je n'avais à ce moment-là pas encore confondu la responsable. Une inspection aérienne organisée par cette dernière n'avait pourtant, paraît-il, guère relevé d'anomalie grave sur le chantier de la société civile immobilière Chemin du Cap, gérée par des collaborateurs de Pellerin, puis par lui-même. Bien qu'il n'y eût d'abord été dressé procès-verbal que d'un minime dépassement de la surface aménagée, la DDE maritime s'était curieusement crue obligée de faire rehausser de 4 mètres le phare de l'Ilette, situé en contrebas de la maison prétendue en restauration, ce qui démontrait que l'administration publique avait une parfaite connaissance de l'ampleur de la construction en cours, qui rendrait inefficace l'ancien phare au regard des ombres portées dues au nouveau bâtiment.

Toutes ces choses devaient suffire pour me

convaincre de vérifier par moi-même au cours d'une perquisition.

*
**

Sur place, le 8 janvier 1993, je ne me contente évidemment pas de la compagnie d'officiers de police judiciaire impassibles et de fonctionnaires de l'Équipement un peu nerveux. Comme le commande la procédure, je réquisitionne deux témoins impartiaux, en l'occurrence les jardiniers, respectivement marocain et portugais, des deux résidences limitrophes, propriétés présentement inoccupées de richissimes familles allemandes. Leurs employés s'étonnent à peine.

– Vous voulez visiter ce chantier-là ? Vous en avez pour un moment. Parce que c'est immense, là-dedans !

– C'est vrai ! Rien que pour faire le tour du sous-sol, il vous faudrait un vélo...

Ils ont raison. Dès l'arrivée du serrurier que j'ai convoqué, je constate en premier lieu que la villa prétendue de plain-pied se trouve en réalité surélevée d'une sorte de vaste entresol en étage. Dans une magnifique cuisine, par ailleurs équipée d'une superbe cave à vins, je repère la porte verrouillée de ce qui apparaît comme un grand monte-charge et j'interroge les représentants de la DDE :

– À votre avis, à quoi peut bien servir un ascenseur dans une maison construite en rez-de-chaussée ?

– C'est bien ce que nous nous étions demandé, nous aussi...

En fait, ils ont forcément compris avant moi que cet ascenseur est prévu pour desservir un niveau inférieur. Car en dessous, derrière un faux socle jalonné d'arcades et de niches abritant des statues, des regards habilement colmatés par des bâches, des rouleaux de pelouse et des faux rochers en matière plastique se révèlent aménagés, éclairant un sous-sol atteignant 1 650 mètres carrés !

Je m'apprête à y forcer un passage quand l'un des jardiniers signale :

– Ce n'est pas la peine de rien défoncer, là : il y a une petite porte, derrière...

Ce n'est donc pas sans aplomb que les fonctionnaires de la DDE vont ensuite expliquer à la presse :

– C'est sans doute l'infraction la plus importante qui ait jamais été enregistrée dans l'histoire de notre profession. Mais nous avions été parfaitement abusés jusque-là par le maquillage d'indécelables trompe-l'œil. Seuls les puissants moyens coercitifs du juge d'instruction lui ont permis de ne pas s'y laisser prendre.

Goguenard, je les ai enjoints par la suite de refaire plus scrupuleusement leurs arpentages et mesures !

Cela dit, en étudiant attentivement les plans, je remarque que l'assise de rocher a été forée assez profondément pour y loger en dessous du niveau de la mer non seulement un groupe électrogène capable de fournir toute l'énergie nécessaire en cas de panne de courant extérieure, mais une sorte de chambre forte en forme de bunker blindé. Cela achève de me décider, le 29 janvier 1993, à mettre en examen l'architecte Pierre Bergeret, qui ne tente pas de finasser :

– Bien sûr que je savais que tout ça n'était pas réglementaire, monsieur le juge. Mais mettez-vous à ma place : mon client m'a toujours garanti qu'il obtiendrait toutes les dérogations voulues des ministres auxquels je l'entendais téléphoner à tout bout de champ, voire que je croisais dans son antichambre... Dans cette perspective, il m'avait même recommandé de préparer un album de photos permettant de comparer le site avant et après les embellissements que nous allions y apporter, pour une fois que je pourrais réaliser librement quelque chose de vraiment réussi !

– Vous avez pourtant déployé pas mal d'énergie à tenter de dissimuler l'entrée des sous-sols ?

– C'est vrai. Mais c'est la directrice de l'Équipement elle-même qui m'avait convoqué pour m'avertir de son inspection et m'annoncer qu'elle me laissait un délai de trois semaines pour faire disparaître toute anomalie flagrante... D'ailleurs, quand son collaborateur, M. Daniel Baccard, est venu en son nom opérer un contrôle superficiel et expéditif, il l'a conclu en me faisant un clin d'œil qu'il a commenté par l'appréciation : « Chapeau pour le camouflage ! »

Dans ces conditions, je ne peux que mettre en examen au sujet de la villa Pellerin la directrice de la DDE que je viens quasiment de mettre en examen aussi pour l'affaire de la Batterie de la Maure. Auparavant, je l'avais fait à tout hasard placer quelque temps sous écoute téléphonique.

Cette surveillance ne s'avéra pas totalement inutile. Elle permit tout d'abord de comprendre que certains dossiers avaient été ostensiblement laissés en vue afin que les officiers de police judiciaire puissent les saisir à l'occasion de la perquisition probable à laquelle toute la famille s'attendait. Les dossiers en question se révéleront contenir des documents mettant en cause ou provoquant à incriminer, dans une quinzaine d'anciennes affaires comparables, la plupart des préfets qui s'étaient succédé jusque-là à la tête du département.

Quant au mari de Marie-Claire Estabes, j'apprendrai qu'il a été débauché de la DDE pour devenir... directeur général de l'entreprise de Christian Pellerin ! Ce n'est pourtant pas son puissant patron, mais un simple maraîcher, très populaire dans tous les milieux de la région sous le surnom de « Marcel la Salade », que le mari a appelé aussitôt au secours :

– Mon épouse vient d'être placée en garde à vue.

– Ce n'est pas grave : je vais m'arranger pour qu'elle sorte dès ce soir... Dites-moi qui s'en occupe... Parfait !

Ce haut responsable de la franc-maçonnerie locale ne se trompait que sur la date. Au vu du dossier, mon collègue chargé d'exercer la fonction de juge de la détention – dont l'institution avait déjà été tentée sans grand succès pendant quelques mois à cette époque – ordonne au contraire une incarcération provisoire. Mais, sur appel de l'avocat de la prévenue, la toujours prévenante chambre d'accusation libère bientôt celle-ci.

Les propos recueillis me conduisent néanmoins à confier aux officiers de police judiciaire le soin d'organiser une perquisition chez le sulfureux maraîcher dont le surnom évoque, avec une ambiguïté parfaitement voulue, tant sa profession que sa propension à régler les « salades », à savoir les problèmes dans le jargon du milieu.

Effectivement le sobriquet n'est pas usurpé au regard des documents que les gendarmes de la section des recherches de Marseille vont pouvoir consulter et saisir, ce qui fera dire à l'un d'entre eux qu'il se croyait à la Bibliothèque nationale. Demandes de services et interventions en tous genres, indications sur des personnalités haut placées se retrouvent soigneusement entassées et révèlent que Marcel est en relation avec les élus locaux, ce qui n'est pas une surprise, mais aussi avec nombre de magistrats, policiers, gendarmes, fonctionnaires préfectoraux, lesquels peuvent croiser au hasard de réunions fort conviviales les plus éminents représentants de la pègre locale.

Une telle prouesse n'était pas aussi difficile à réaliser que l'on croit, comme me le confia un officier de police judiciaire du SRPJ de Nice, qui m'apprit comment les choses se mettaient en place, tout naturellement.

Ce fonctionnaire, ayant été muté en cours d'année scolaire, dut rejoindre la belle ville de Nice seul, en attendant d'organiser quelques semaines plus tard le déménagement de sa famille. Il se trouvait donc un peu isolé dans sa nouvelle affectation, et c'est en toute amitié qu'un de ses collègues lui proposa un soir de l'accompagner chez Marcel.

La demeure, sur les hauteurs de Nice, est fort conviviale et ressemble à un établissement de nuit fort sympathique, bien fréquenté, où des gens affables rompent le pain. L'accueil s'y révèle tout à fait généreux.

– Vous êtes nouveau à Nice, parfait ! Avez-vous réussi à vous loger ? Pas encore ? Notre ami « X » se fera un plaisir de vous trouver quelque chose de bien... Votre déménagement est-il organisé ? « Y », qui sera là dans quelques minutes, est justement du métier, et n'aura pas de mal à vous faciliter la vie...

Ravi de s'être fait si rapidement de si chaleureuses relations, le policier se plaît à les retrouver de temps à autre, quand son emploi du temps le lui permet.

Hélas, il déchantera vite quant à la sincérité des amis de « la Salade ».

– Dites-moi, j'ai vu dans la presse locale que vous êtes en charge de l'enquête sur la tentative d'escroquerie à l'assurance reprochée à monsieur « Z ». Vous savez, je le connais personnellement, il est impossible qu'il y soit pour quoi que ce soit. J'aimerais vous le présenter : vous serez vite convaincu de sa bonne foi...

Pour cet officier de police judiciaire (OPJ) scrupuleux qui mit aussitôt un terme à la fréquentation de ces lieux, combien ont-ils compris trop tard sur quelle pente dangereuse ils s'étaient égarés !

La note émanant des Renseignements généraux relative à « Marcel la Salade » que j'ai eu l'occasion de lire à l'époque ne m'étonna donc guère en mentionnant, outre son appartenance maçonnique, son implication supposée dans divers trafics d'influence. J'y appris en revanche qu'à la grande époque de l'ancien maire de Nice – Jacques Médecin – Marcel, sans pourtant être élu, faisait partie du comité des fêtes de cette ville. Il avait également créé, selon la même source, la société Sud-Tribunes, laquelle avait fait l'acquisition de tribunes démontables que la ville lui louait pour un prix très confortable à l'occasion du célèbre carnaval.

Hélas pour les trop nombreuses victimes, un certain match de football Bastia-Marseille fut programmé en dehors de cette période et ce furent les tribunes de la société Sud-Tribunes qui cédèrent sous l'enthousiasme des spectateurs pour engendrer le drame du stade de Furiani.

*
**

À l'issue de l'information concernant les tribulations de la villa du cap d'Antibes, il ne me reste qu'à mettre en examen Christian Pellerin lui-même. Celui-ci ne se fait pas prier pour avouer le coût de construction de sa villa qu'il évalue au-delà des 165 millions officiellement décaissés par sa banque. Ce chiffre me paraît d'emblée exagéré en regard des 140 millions qui viennent d'être dépensés pour les gigantesques travaux d'édification de la maison d'arrêt de Grasse. Il me le semble d'autant plus que le terrain d'Antibes n'a été payé que 7 millions et que tous les travaux ont été réalisés par un fournisseur attitré du groupe de Christian Pellerin, la Compagnie Campenon Bernard, présentement dirigée par un certain Simonnet.

De fait, le rapport de l'expert que j'ai aussitôt

commis n'a pu retrouver trace que d'un maximum d'une vingtaine de millions. C'était d'autant plus curieux que, le lendemain du jour où j'ai mis en examen le dénommé Simonnet, celui-ci était précisément attendu en Sologne par le juge Thierry Jean-Pierre, qui devait le poursuivre pour de nombreux abus de biens sociaux dans le cadre de travaux concernant deux autres villas, respectivement destinées au même Christian Pellerin et au financier Patrice Pelat, autre proche du président François Mitterrand, qui attirera l'attention des médias par son prêt au Premier ministre Pierre Bérégovoy.

Dans le même cercle d'amis et dans le même cadre professionnel, un correspondant anonyme me signale que le maire d'Antibes, Pierre Merli, s'est récemment fait offrir une somptueuse limousine allemande. Avant toute démarche pour obtenir un supplétif à ce sujet, je demande aux policiers un minimum de vérifications sans acte coercitif. Le concessionnaire nous confirme et nous prouve avoir vendu un tel véhicule à l'homme politique, qui l'aurait réglé par divers versements en espèces qu'il était venu périodiquement effectuer.

Jugeant alors l'histoire assez saugrenue, je sollicite du parquet mon supplétif. Mais celui-ci requiert au contraire l'annulation de mes dernières investigations à la chambre d'accusation. Laquelle s'empresse de me dessaisir plus amplement de l'ensemble de l'affaire.

*
**

Pour autant que je le sache, le magistrat chargé de reprendre mon information a vainement tenté d'éclaircir les conditions d'achat de la fameuse Mercedes. Il a également dû renoncer à retrouver les quelque 140 millions disparus lors de la réalisation du projet de Christian Pellerin. Et ce n'est qu'en raison des seules infractions aux règlements de la construction qu'il a finalement fait déférer celui-ci et ses complices devant le tribunal correctionnel de Grasse, le 26 mars 1999.

Sept d'entre eux ont alors été condamnés avec sursis, dont l'ancien sénateur et maire UDF Pierre Merli ainsi que l'ex-directrice du contentieux de la DDE, Marie-Claire Estabes. N'écopant que d'un an de prison avec sursis et de 15 millions de francs d'amende, Christian Pellerin, pour sa part, a cru pouvoir en interjeter appel devant la cour d'Aix-en-Provence. Mais celle-ci s'est sentie obligée de doubler sa peine, le 13 juin 2000, d'une seconde année de prison – ferme, celle-là – confirmée le 3 avril 2001 par le rejet du pourvoi en cassation qu'il a formé contre cette condamnation.

Dans l'intervalle, la villa vouée à la démolition s'est curieusement trouvée revendue plusieurs fois à des prix croissants et à des acquéreurs jusqu'ici mal identifiés, cependant que la presse a souvent mis en doute les véritables intentions du promoteur. Elle s'est appuyée sur les procès-verbaux de réunions de chantiers où Christian Pellerin signalait que tel ou tel desiderata avait été exprimé par un mystérieux tiers nommé « le client ». Elle a souligné que, sur les plans initiaux, l'une des pièces principales de la villa se trouvait bizarrement désignée sous l'appellation de « chambre du Président ».

De là à en conclure que la résidence avait été aménagée au départ sinon pour le compte, du moins pour recevoir François Mitterrand, il y a un pas que je me garderai pour ma part de franchir. En revanche, j'y ai bien vu l'œuvre d'un groupe d'amis dont les relations s'étendaient manifestement des hautes sphères de la finance à celles de l'administration et de la politique, voire de la justice. Pour pouvoir parler de mafia au sens propre, il n'y aurait donc manqué que l'intervention du gangstérisme. Or la cour d'appel elle-même a fustigé cette infraction au code de l'urbanisme – la plus grande jamais constatée en France –, en relevant qu'elle avait été commise « dans le mépris complet et affiché des lois et en utilisant des méthodes du type de celles que l'on rencontre en matière de grand banditisme ».

*
**

L'identité du véritable client et les récents développements de l'instruction conduite par le juge parisien du pôle financier, Philippe Courroye, m'amènent aujourd'hui à penser que je n'avais aucune chance de mener à leur terme ni la procédure Muller–al-Kawari, ni celle, baptisée, sans doute à tort, villa Pellerin.

Les méandres de « l'angolagate » qui ont amené le magistrat à s'intéresser de très près au rôle du fils de l'ancien président Mitterrand, mais également à Jacques Attali et, plus récemment, à Charles Pasqua, lui ont par ailleurs donné l'occasion d'entendre par procès-verbal un dénommé Gilbert Salomon, ancien « Roi de la viande » et ami très proche du sulfureux beau-père de Christian Pellerin, Claude Muller.

Ce témoin a conté au magistrat comment le même Claude Muller et lui-même s'étaient associés pour acquérir la fameuse villa du cap d'Antibes, moyennant le prix de 40 millions de francs, avant de la céder cette fois à la société luxembourgeoise Palmeto, propriété de Arcardi Gaydamak, réalisant ainsi une plus-value de 19 millions de francs.

Qui plus est, un article de *La Lettre de l'Expansion*, daté du 23 avril 2001, révèle que selon des éléments figurant dans le dossier de mon très compétent collègue genevois Kasper Ansermet, l'achat de la villa aurait été totalement organisé par la société Impex dont l'ayant droit économique n'était autre que Claude Muller, et le gérant, l'inévitable avocat genevois que j'avais déjà croisé dans l'affaire al-Kawari.

Christian Pellerin aurait pu avoir l'occasion de révéler l'identité véritable du « client » de cette demeure de prestige, et de braver des tabous familiaux pour nous enseigner qu'il n'avait servi que de paravent dans une vaste opération commerciale. Il n'en aura plus le loisir, puisque la chambre criminelle de la Cour de cassation vient de rejeter le pourvoi qu'il avait formé contre la décision de la cour d'appel d'Aix-en-Provence.

*
**

Malgré mes dessaisissements successifs, la collusion des prévenus, au moins dans le domaine immobilier, m'a bientôt été confirmée par une troisième affaire impliquant quelques-uns des mêmes protagonistes. Il s'agissait d'un immeuble abusivement construit à Cannes par les promoteurs Élie Beaufort et Pierre Orsonna – ce dernier devant bientôt apparaître également autour des affaires de la mairie de Paris. Dans la grande tradition illustrée par la villa Pellerin, ils ne s'étaient pas contentés de dépasser de 250 mètres carrés sur le terrain la surface autorisée par un permis de construire initial parfaitement normal : sous le couvert d'un autre permis distinct, ils avaient surélevé leur construction par un second immeuble dénué d'entrées autonomes mais bâti en escalier par-dessus le premier et excédant par conséquent de 9 bons mètres la hauteur tolérée par le plan d'occupation des sols.

Non sans cohérence, les plans de cette innovation en matière d'urbanisme avaient été commandés au même architecte que celui de la villa Pellerin. Se retrouvant une nouvelle fois devant moi, sur plainte des voisins, celui-ci s'est encore moins fait prier que par le passé pour m'avouer :

– Là aussi, l'affaire s'est faite grâce à la complaisance de la Direction de l'Équipement.

– Vraiment ? Je ne vois pourtant cette fois aucune implication familiale ou politique. Pourquoi serait-elle mêlée à ça ?

– Elle a simplement réclamé 500 000 francs pour accepter de fermer les yeux...

– Et elle les a touchés ?

– Sans doute : vous devriez retrouver dans la comptabilité du promoteur une fausse facture de ce montant établie par une entreprise de Monaco.

– Sous quel intitulé ?

– Sous prétexte de travaux de terrassement. Pour un immeuble terminé, la ficelle est même un peu grosse !

Il disait vrai. Mais, l'immeuble rasé et ses promoteurs condamnés, la difficulté de prouver la relation entre la suspecte et sa société monégasque a dissuadé le parquet de poursuivre cet aspect secondaire de l'affaire. De manière d'autant plus regrettable que nous devions apprendre plus tard qu'exactement le même circuit avait été utilisé pour une autre opération analogue, également tolérée faute de preuve et sans que nous puissions le savoir, dans le ressort de Nice.

*
**

Ces divers épisodes ont ainsi clairement mis en relief l'une des plus graves faiblesses de la justice française. Alors que les délinquants ont trouvé au sein de certains réseaux mafieux les moyens de faire perdurer leurs indélicatesses au-delà des mutations de leurs amis intimes, policiers et magistrats ne disposent même pas des instruments indispensables pour procéder aux nécessaires recoupements entre maintes affaires. Naguère dénoncée à l'échelle internationale par l'éminent procureur général de Genève, cette situation est presque aussi vraie aux niveaux national, régional, voire local.

À défaut d'une Bourse d'information centralisée, nos quelques centaines de juges d'instruction éparpillés sur tout le territoire ne peuvent communiquer entre eux qu'au hasard de rares circonstances. « L'homme le plus puissant de France » est ainsi devenu un nain, qui ne peut jamais voir les exactions de géants que par le petit bout de sa lorgnette.

Mais qui est jamais allé prétendre que la justice française est parfaite ?

X

Le prix de l'honnêteté

Alors qu'un témoin auquel il était confronté venait de confirmer par le détail dans quelles circonstances il avait été amené à remettre une somme d'argent à un personnage mis en examen dans le cadre d'un dossier de trafic d'influence, celui-ci se contenta pour toute objection d'un sourire narquois avant de me lancer comme un défi :

– Si l'on m'a remis tous ces fonds... Trouvez-les !

Tous mes collègues plus expérimentés que moi-même et se trouvant face à pareille difficulté ont souvent mis en exergue la pauvreté des moyens dont notre justice dispose et leur caractère dérisoire, comparés aux techniques modernes qui permettent en quelques minutes de faire circuler des fonds à travers le monde par un simple virement électronique.

Le recyclage de l'argent sale est encore une préoccupation commune aux mafieux et aux hommes politiques, qui les amène à se côtoyer dans des réseaux de blanchiment, lesquels renforcent un peu plus les liens qui les unissent.

L'éternelle question pour tout délinquant, quel qu'il soit, est de pouvoir jouir en toute impunité des produits de ses crimes ou délits et de compliquer autant que faire se peut la conduite des enquêtes financières qui tenteraient éventuellement de démontrer le caractère frauduleux de leurs moyens d'existence.

Ainsi en est-il de ce pilleur de sacs à main qui circulait sur une puissante moto dont la carte grise indiquait l'identité de sa grand-mère, ou encore de ce récidiviste de la cession de cocaïne qui dégageait suffisamment de réserves de sa nuisible activité pour pouvoir rémunérer le tenancier d'un restaurant, lequel en contrepartie lui avait établi un faux contrat de travail et lui délivrait chaque mois des feuilles de salaire qu'il présentait fièrement au juge d'application des peines chargé de suivre sa réinsertion.

En matière de délinquance financière, les procédés sont évidemment plus astucieux.

L'opinion est désormais parfaitement sensibilisée à ces questions et s'est accoutumée à découvrir, à l'occasion de bon nombre d'affaires médiatisées, les expressions de sociétés *off shore*, paradis fiscaux, paradis bancaires, et autres comptes numérotés ou prêts adossés.

La responsabilité d'une telle situation est le plus

souvent rejetée sur différents pays étrangers qui se sont fait une spécialité d'offrir l'anonymat le plus compact aux déposants et de servir de refuge aux flux d'argent sale.

Cependant les méandres d'une affaire d'abus de biens sociaux et de corruption m'ont conduit, il y a quelques mois, à constater que le système bancaire français, qui se prétend à l'abri de telles turpitudes, peut parfois fournir des services parfaitement comparables.

Une banque locale implantée à Nice avait accordé à une société de promotion immobilière qui menait de grands projets avec plusieurs communes du département des lignes de crédit importantes, lesquelles représentèrent à un moment donné un découvert de 15 millions de francs.

L'absence de garantie n'était qu'apparente puisqu'il fut assez aisément établi que la filiale monégasque de la banque française avait accueilli des virements équivalents en provenance de Genève, qui la mettaient quant à elle à l'abri de toute déconvenue.

Ce faisant, elle ignorait parfaitement l'origine des fonds dont elle savait néanmoins qu'elle était fort douteuse puisque, lorsqu'il fallut la rapatrier dans ses livres, son représentant préconisa un nouveau stratagème afin qu'ils transitent d'abord par la Banque générale du Luxembourg, et reviennent à Nice sous la rassurante apparence d'un prêt en bonne et due forme.

Démasquer de tels mécanismes n'est pas toujours à la portée des officiers de police judiciaire ou du magistrat instructeur, même si ceux-ci font l'effort permanent de parfaire leur formation.

Les réseaux d'influence qui organisent des opérations frauduleuses aussi rémunératrices disposent des moyens de s'attacher les services des meilleurs spécialistes de chaque discipline.

La lutte contre la criminalité organisée suppose donc pour le magistrat de s'entourer d'une véritable équipe d'experts capables de l'éclairer sur les aspects techniques qui échappent à sa compétence.

J'ai eu la chance de pouvoir solliciter la collaboration de professionnels de grande valeur, tant en matière d'urbanisme, de comptabilité, de réglementation bancaire que d'informatique.

Encore faut-il que ces auxiliaires de la justice échappent eux-mêmes à toutes les tentations de céder aux sirènes des grands groupes puissants, capables d'assurer leur avenir professionnel en contrepartie d'un rapport favorable.

Pour reprendre les propos extrêmement pertinents de M. le professeur Jean Girerd, expert de renommée mondiale en matière d'informatique, le danger consiste en ce que l'obédience prend souvent le pas sur la compétence.

Les experts que j'ai eu la chance d'apprécier dans le contexte de toutes ces procédures ont présenté un signe commun de reconnaissance, qui constitue pour moi l'hommage rendu à la qualité de leurs travaux. En effet, compte tenu de l'importance des sommes en jeu dans les procédures où ils ont aidé à la mise en évidence de procédés frauduleux, les adversaires ne se sont jamais attaqués au contenu de leurs conclusions, tâche probablement jugée trop redoutable, mais ont préféré entreprendre de salir les hommes.

C'est ainsi que chacun d'entre eux a eu à affronter rumeurs, plaintes diverses, parfois mises en examen, tentatives de corruption, entreprises en tout genre destinées à discréditer l'auteur d'un travail dont on n'a pas les moyens de contester la qualité.

L'un d'entre eux a même reçu le classique colis postal contenant un cercueil de carton, lequel renfermait quelques cartouches de gros calibre.

J'ai pour ma part connu, évidemment, ce type de déstabilisation : alors que j'étais en poste sur la Côte d'Azur depuis quelques années, un journaliste du quotidien *Libération* me donna connaissance d'une très confidentielle note blanche émanant des services des RG, affirmant mon implication dans un vaste trafic de voitures de luxe avec l'Afrique.

Un autre journaliste expliqua un jour à ses lecteurs, dans un hebdomadaire national, comment je collectionnais les photos-portraits des personnes que j'avais mises en examen et les affichais dans mon bureau. Ce piètre reporter ne devait même pas imaginer ce qu'est un cabinet d'instruction ni le nombre de personnes qui y pénètrent quotidiennement !

Par ailleurs, je ne compte plus les appartements dont la rumeur m'a rendu propriétaire, principalement sur la Canebière, ni combien de « témoins » et de détectives privés, généralement d'anciens policiers n'ayant laissé que le souvenir de leur incompétence, m'ont vu dans des restaurants avec Bernard Tapie. Moi qui suis maladivement casanier, ma présence est signalée dans toute l'Europe à l'occasion des matchs de football de l'OM, et même sur le tristement célèbre *Phocea*.

J'ai eu tellement de fois l'occasion de justifier les conditions d'acquisition de ma maison d'habitation que je tiens désormais, à disposition de mon premier président ou du procureur général de la cour d'appel, un jeu complet de photocopies d'actes notariés et de mon prêt au Crédit agricole.

Lorsque la calomnie est relayée délibérément par des décisions me dessaisissant de procédures sensibles, les instigateurs se voient payés de leurs efforts et trouvent la récompense de leurs bassesses.

Dans le cas des dossiers que j'ai eu à traiter contre l'ancien maire de la ville de Cannes, Michel Mouillot, le déploiement d'artifices a été tel, et il a reçu un soutien si inattendu de la part de ma hiérarchie, que j'ai dû moi-même renoncer et abandonner la conduite de plusieurs informations, afin de retrouver la liberté d'action indispensable pour exercer ma défense.

XI

Les frères de la Côte

Michel Mouillot, successeur de Mme Dupuis à la mairie de Cannes, a été surnommé par certains « le Kennedy de la Côte ». Ce personnage jovial et pittoresque avait jadis tenu la batterie d'un groupe de rock baptisé « Les Chats sauvages », où il aurait côtoyé le futur sénateur et ministre socialiste Michel Charasse. Ayant étudié le droit en France, puis le marketing aux États-Unis, il serait devenu responsable des relations publiques de la société Pernod-Ricard à une époque où le ministre gaulliste Charles Pasqua passait pour y avoir travaillé.

Selon ses biographies, c'est en 1982 qu'il avait fait la connaissance de François Léotard, déjà maire de Fréjus et député du Var, avant d'accéder aux présidences du Parti républicain et de l'UDF, tous deux fortement implantés tout au long de la Côte. Mouillot avait prétendu appliquer ses méthodes de marketing au président comme au parti. L'importance de l'air qu'il brassait lui avait alors valu le surnom de « Ventilateur » parmi les sympathisants qu'il fréquentait. C'est notamment lui qui avait inventé le mythe de « la bande à Léo » et lancé l'idée d'une vocation nationale de son patron, avec la malicieuse complicité de François Mitterrand – pas fâché de diviser ainsi la droite en encourageant un rival potentiel de Jacques Chirac.

En récompense de ses services, Mouillot allait être appelé comme conseiller spécial au ministère de la Culture occupé par Léotard pendant la première cohabitation, puis recasé à la tête de la régie publicitaire de la chaîne de télévision FR3. Il devait en être licencié avec de confortables indemnités en 1991.

Avant de servir de témoin au remariage de Mouillot avec Annie Carlin – attachée de presse municipale qui allait devenir propriétaire d'une boutique cannoise de mode de luxe – François Léotard avait chargé celui-ci, en 1987, de conquérir la riche et prestigieuse cité de Cannes, jusque-là tenue par leurs alliés et néanmoins rivaux du RPR. Malgré l'opposition quasi générale soulevée par ce projet parmi les militants, l'opération devait être soigneusement préparée en sous-main.

La préparation allait être assurée par un certain Perceval, réputé membre de la loge franc-maçonne Rudyard Kipling de Saint-Raphaël, appartenant à la GLNF, la Grande Loge nationale de France. Bien que revendiquant moins de 30 000 adhérents à l'échelle de tout le pays, cette obédience très conservatrice se targue d'une implantation régionale dépassant celles du Grand Orient et de la Grande Loge réunies. Michel Mouillot lui-même est supposé y avoir d'abord été inscrit dans la capitale, à la loge France n° 7 – Orient de Paris. Son fils, qui marchait gaillardement sur ses traces en tant qu'employé de la société Pernod-Ricard, y aurait été reçu dans une loge intitulée Sponto-Phoros n° 733.

Le siège convoité par ces maçons demeurait alors occupé par la septuagénaire Mme Anne-Marie Dupuis, déjà rencontrée comme promotrice d'une puissante police municipale. Contre elle, Michel Mouillot l'emporta une première fois de justesse, dès 1989, avec l'appui d'une pléiade de vedettes comme l'international de rugby Jean-Pierre Rives et la présentatrice de télévision Évelyne Leclercq. La chronique locale ajoute qu'à Lyon, auprès de son ami Pierre Botton – gendre du député de Lyon Michel Noir – il aurait un jour rencontré le journaliste Yves Mourousi auprès duquel il se serait plaint :

– Je n'arrive pas à toucher vraiment mon électorat de retraités...

– Ce n'est pourtant pas difficile, aurait répliqué Mourousi. Quand on a la chance que le chanteur Georges Guétary réside dans sa ville depuis 1946, il suffit de s'en servir !

Le conseil n'était pas tombé dans l'oreille d'un

sourd. Pendant la campagne électorale, Mouillot avait multiplié les galas au côté de Guétary. En guise d'hymne, les illustres Pierre Delanoë et Jo Moutet avaient même tout spécialement composé une chanson intitulée *La Fête à Cannes*.

Mais ce n'avait pas été le même genre de fête pour tout le monde ! La campagne avait été menée de manière si violente que Bernadette Chirac, venue soutenir son amie Anne-Marie Dupuis, y avait par exemple été accueillie par des jets de tomates. Les opérations avaient en outre été entachées de tant d'irrégularités que la première élection de Mouillot devait être annulée par le Conseil d'État.

Pendant la période qui avait suivi, la ville avait été légalement placée par la Cour des comptes sous la tutelle de la chambre régionale des comptes, présidée par un nommé Charbonnaud, par ailleurs alors grand vénérable de la GLNF. À ce dernier titre, celui-ci avait encouragé l'entourage de Mouillot – bientôt triomphalement réélu maire de Cannes, puis deuxième vice-président du conseil régional Provence-Alpes-Côte d'Azur – à se constituer en nouvelles loges maçonniques, qui passent pour avoir recruté autant d'affairistes que de fonctionnaires de tous horizons.

Devenues notoires, ces intrications allaient inciter le grand maître du Grand Orient à les dénoncer dans les colonnes de *L'Événement du jeudi*, relevant non sans pertinence dès mars 1993 : « À partir du moment où l'État renonce à un certain nombre de ses fonctions d'organisation de la société, il est normal que d'autres réseaux se mettent en place. Il se trouve que, sur la Côte d'Azur, la puissance publique est affaiblie depuis un certain temps. Il y a donc un véritable danger... »

En tout cas, lesdits réseaux semblent avoir puissamment contribué aux succès non seulement politiques, mais financiers de Michel Mouillot.

*
**

Les premiers accrocs étaient venus de l'amitié nouée dès 1974 entre Michel Mouillot et Pierre Botton, alors propriétaire près de Grasse de la villa Helen Roc et plus tard bénéficiaire privilégié d'une autorisation d'extension de 200 mètres carrés pour y construire terrasse et piscine. Dans le cadre de leurs arrangements, les deux hommes n'avaient pas seulement échangé des employés municipaux pour mener leurs campagnes électorales respectives ; Mouillot avait en outre perçu des salaires fictifs versés par trois sociétés lyonnaises pour un total proche de 630 000 francs et qui allaient lui valoir condamnation à quinze, puis à dix-huit mois de prison avec sursis, à 200 000 francs d'amende et à cinq années d'inéligibilité pour « corruption passive » et « recel d'abus de biens sociaux ».

Seul un pourvoi en cassation suspensif de ces

condamnations lui avait permis de se représenter à la mairie et de l'emporter confortablement, le 25 juin 1995. Son ancienne adversaire s'étant retirée de la lice, il n'avait en effet eu à affronter que le « parachutage » du député RPR du Val-d'Oise Pierre Lellouche. L'ancien ministre Bernard Pons – lui aussi propriétaire d'une villa dans la région – avait préféré demeurer aux commandes de son XVIIe arrondissement parisien. En revanche, Mouillot, que ses partisans avaient présenté un peu trop vite comme « le tueur des vieilles dames », s'était dans l'intervalle trouvé écrasé par les soixante-douze ans de la députée UDF Louise Moreau aux élections législatives de 1993.

C'est qu'entre-temps de nouveaux ennuis lui étaient venus du monde des jeux, qui s'était de longue date épanoui à Cannes. À cette époque, la station ne comptait pas moins de trois établissements spécialisés : le casino Croisette, logé dans une aile de l'actuel palais des festivals par le groupe Barrière-Desseigne ; le grand casino Riviéra, que l'entreprise Noga-Hilton avait installé dans les sous-sols de ce fameux hôtel ; et le vieux casino Carlton, réaménagé depuis 1989 dans un style très *british* au septième étage de ce palace par la société britannique London Club Limited.

Grâce aux deux cent cinquante machines à sous qu'il avait été autorisé à exploiter et qui rapportaient 87 % de ses 247 millions de francs de recettes annuelles, le casino Croisette s'était affirmé comme l'un des établissements les plus rentables de France. Largement distancés, les dirigeants du Riviéra avaient sollicité puis obtenu la permission de mettre en service une centaine de machines aussi lucratives. Mais le même avantage fut refusé en 1995 aux patrons du Carlton, et ces derniers perdirent 44 % de leur chiffre d'affaires avant de se résoudre à renouveler leur démarche, début juin 1996.

Il n'est un secret pour personne, et d'ailleurs l'intéressé en a relaté sa propre vision dans un livre publié en 1998, que j'ai eu l'occasion d'instruire, à partir de l'été 1996, un vaste dossier contre Michel Mouillot, qui lui a valu diverses mises en examen pour corruption passive, trafic d'influence et emplois fictifs, et a justifié son maintien en détention provisoire pendant seize mois.

Il m'est interdit, à juste titre, d'évoquer le contenu de ces procédures, dès lors qu'elles n'ont toujours pas été renvoyées devant une juridiction de fond, et que le respect de la présomption d'innocence s'impose à chacun d'entre nous.

Je m'estime néanmoins autorisé à relater deux épisodes de ce trop volumineux dossier, auxquels les mis en cause eux-mêmes ont délibérément donné une publicité, de manière concrète, dans le but encore une fois d'entraver le cours de la justice et de faire en sorte de retarder l'épilogue des procédures.

Le premier est relatif à l'un des nombreux réquisitoires supplétifs – c'est-à-dire, en langage moins technique, à une affaire dans l'affaire, parmi tant d'autres – qui ont rendu le dossier si difficile à gérer. Elle pourrait recevoir le sous-titre suivant, au risque de plagier certains : « Qui veut gagner, à coup sûr, des dizaines de millions d'argent public en misant 500 francs ? »

Cinq cents francs ! C'est en effet la somme que trois associés, dont Maurice Gozlan, l'un des plus grands marchands de biens de la place de Paris si l'on en juge par les encours qu'il a laissés dans plusieurs banques publiques, ont investie dans une société en participation constituée pour faire l'acquisition d'un terrain situé dans la banlieue de Cannes.

Cette parcelle, dont le prix fut entièrement financé par la SDBO, la filiale du Crédit Lyonnais, devait être revendue deux ans plus tard à une autre société animée par le même Gozlan, pour un prix nettement supérieur, dégageant une plus-value d'environ 120 millions de francs pour les trois investisseurs, ce qui fit dire à l'un d'entre eux qu'il s'était agi de « la meilleure affaire » de sa vie !

La promesse d'une vaste opération de promotion sur ces terrains, ajoutée à la décision de la ville de ne pas faire usage de son droit de préemption, avaient suffi à réaliser le tour de passe-passe, et à contribuer un tant soit peu à creuser le gouffre du Crédit Lyonnais, puisque la SDBO avait financé à nouveau la totalité de la nouvelle transaction, ce qui représente à ce jour une perte de plus de 300 millions de francs.

C'est dans ce contexte que j'ai eu la responsabilité de mettre en examen plusieurs anciens responsables du Crédit Lyonnais, dont Michel Gallot, directeur adjoint et président de la SDBO à l'époque des faits, à la fin de l'été 1997.

Après les formalités procédurales qui m'avaient conduit à faire droit aux représentations de mandat de dépôt du ministère public, c'est dans le couloir où il attendait l'escorte qui devait le transporter jusqu'à la maison d'arrêt de Grasse que Michel Gallot éprouva le besoin de m'apostropher.

– Vous savez, monsieur le juge, le Crédit Lyonnais n'a pas fait de mauvaises affaires. Il ne faut pas nous juger à travers le cas de M. Tapie. Contrairement à l'opinion répandue, non seulement Bernard Tapie ne nous a pas coûté d'argent, mais encore... il nous en a fait gagner.

Déconcerté par ce point de vue si paradoxal, je m'arrête pour écouter la suite du raisonnement qu'il m'explique à peu près en ces termes :

– Je vais vous confier ce qu'on appelle entre professionnels « un secret de banque ». Il s'agit d'une chose que, généralement, peu de gens partagent, parmi les plus hauts dirigeants d'une maison.

Et, presque en chuchotant, il m'expose les conditions de la revente de la firme de l'équipementier Adidas, selon une version qui contredit tout ce que je pouvais savoir jusque-là par la presse. À la faveur de la précipitation que manifestait Tapie à se défaire de cette société, les plus hauts responsables de la banque auraient estimé qu'il n'était pas indispensable qu'il en perçoive la vraie valeur. Il aurait donc été décidé de recourir à deux sociétés *off shore*, maîtrisées par la banque, pour réaliser la vente à un prix médiocre, au point que la part revenant à Bernard Tapie ne suffirait pas à combler ses dettes à l'égard du Lyonnais. Il ne resterait plus alors qu'à rétrocéder Adidas au groupe financier de Robert-Louis Dreyfus à son vrai prix, et à se répartir les bénéfices.

Selon mon interlocuteur, le portage qu'il me décrivait aurait procuré un gain d'au moins 1,5 milliard de francs au profit de la banque dont il voulait ainsi me prouver la compétence.

Tout juste ajoutait-il qu'effectivement, sur un plan purement moral, « certains estiment contraire à la déontologie d'exécuter (au sens bancaire) quelqu'un qui ne vous doit rien » !

Je suis sceptique de nature. Les propos de M. Gallot n'entamèrent donc pas ma perplexité, d'autant que les circonstances de leur révélation n'inclinaient pas à leur accorder beaucoup de crédibilité.

Ce n'est que plusieurs semaines plus tard que ces propos prirent pour moi un sens plus précis, à l'issue d'une excellente émission d'investigation diffusée sur TF1 qui faisait le catalogue des affaires scabreuses ayant entraîné la banque publique du Crédit Lyonnais à perdre six fois le budget annuel de la justice française, à savoir environ 150 milliards de francs.

Parmi les nombreux sujets traités, une déclaration de Bernard Tapie faisait état de ce qu'il entendait démontrer devant le tribunal de commerce de Paris, à savoir comment il aurait été floué par son ancien financier. Or les termes de cette déclaration se rapprochaient sensiblement du « secret de banque » de M. Gallot.

Dès lors, puisque notre code civil a fait de l'obligation de témoigner un devoir pour tout citoyen, je n'imaginais pas comment le magistrat que je suis aurait pu échapper à cette obligation de porter son concours à la justice.

Aucun juge pénal n'étant saisi précisément des conditions du rachat d'Adidas, j'entrepris donc de fournir, le plus officiellement du monde, sous ma signature, une attestation à Bernard Tapie, dont je l'autorisais à faire état devant la juridiction commerciale, si toutefois son contenu présentait un intérêt pour la solution du litige.

Quel crime n'avais-je pas commis !

Utiliser comme certains les réseaux occultes et faire circuler cette information pendant les réunions et autres agapes m'aurait certes garanti une impunité totale. Mais manifester au grand jour un souci pour la recherche de la vérité me fut reproché avec une sévérité sans partage.

L'efficacité des réseaux d'influence, face à l'isolement du juge cloîtré dans son cabinet, se mesure en l'espèce par les développements soudains que ma demande citoyenne entraîna.

Ainsi, un grand quotidien national m'avise très vite que l'avocat de M. Gozlan est en possession de la fameuse lettre, adressée pourtant à Bernard Tapie, et qu'il tente de la faire publier pour pouvoir s'en prévaloir. Le journal m'informe qu'il a refusé de se prêter au jeu de cet avocat-conseil, mais me prévient qu'il y a fort à parier que celui-ci finira bien par trouver un média ravi de succomber à cette tentation.

En effet, alors que le même Gozlan a missionné un détective privé (autre ex-fleuron de notre police nationale dont les états de service n'ont pas laissé la moindre trace dans la mémoire de ses collègues niçois) pour établir des rapports sur mon compte, le journal *Le Parisien* relate l'épisode de ma missive sous le titre savamment choisi : « Un juge au secours de Tapie ».

C'est cet article qui désormais va permettre à Maurice Gozlan de présenter contre moi une requête en suspicion légitime auprès de la chambre criminelle de la Cour de cassation, laquelle vient d'enrichir ses rangs par l'arrivée en son sein de l'ancien président de la chambre d'accusation d'Aix-en-Provence, M. Claude-Jean Mistral.

J'avais entre-temps transmis à mon éminent collègue (pour une fois l'expression n'est pas galvaudée), Mme Eva Joly, un courrier similaire à l'attestation envoyée à Bernard Tapie, qui permit aussitôt à celle-ci d'entendre, cette fois par procès-verbal, Michel Gallot.

Ce dernier, malgré d'énormes pressions, fit preuve à mon égard d'une grande loyauté et confirma à la juge parisienne les circonstances et le contenu des déclarations qu'il m'avait faites.

D'ailleurs il ne se plaignait en rien de la révélation de ces propos puisqu'il ne s'associa point à la requête en suspicion déposée à mon encontre.

En tout cas, mon courrier qui avait fait couler tant d'encre n'avait plus aucun intérêt puisque désormais un procès-verbal en règle lui était substitué.

C'est donc sereinement et avec la satisfaction de mon devoir accompli que j'attendais la décision de la Cour suprême, laquelle, par un arrêt rendu le 28 mars 1998, décida au contraire de me retirer l'ensemble du dossier Mouillot-Gallot et autres, au motif que la révélation des confidences de Michel Gallot, lequel ne s'en plaignait aucunement, je le répète, pouvait porter atteinte aux droits de l'homme de Maurice Gozlan.

Le tribunal de Nice était désigné pour suivre désormais cette instruction en mes lieu et place. Le doyen des juges d'instruction de cette juridiction estima après quelques semaines de réflexion que son amitié notoire avec Michel Mouillot et la présence de nombreux « frères » de loges parmi les mis en examen ne lui permettaient sans doute pas de conduire sereinement sa mission et celle-ci fut finalement confiée au juge Rousseau, qui en a toujours aujourd'hui la charge.

***

Le second épisode de cette affaire dont je me sens autorisé à faire état ici n'a pas encore connu son épilogue judiciaire. Faisant appel aux mêmes rouages, il consista une fois de plus à recourir sans vergogne à la calomnie, relayée avec de plus en plus de circonspection et de maturité par une presse désormais au fait de ces manipulations, afin d'essayer d'abattre l'homme que je suis et, une fois encore, d'éviter d'affronter le fond du dossier.

Les médias m'affublent parfois de l'affreux qualificatif de « tombeur de Mouillot ». Je réfute cette périphrase, d'abord parce que le tombeur de Mouillot, c'est Mouillot lui-même, ensuite et surtout parce qu'elle donne une image parfaitement fausse de la fonction du juge d'instruction.

Le grand public oublie souvent que le magistrat instructeur ne peut se saisir seul d'une enquête : il instruit uniquement les procédures que le procureur de la République décide de lui confier.

Tel fut le cas concernant Michel Mouillot, les hasards du calendrier ayant fait que je sois de permanence – comme c'est le cas une semaine sur six – au palais de justice de Grasse, quand le procureur de la République eut besoin d'ouvrir une information judiciaire afin de vérifier la réalité de la plainte pour tentative de corruption que les dirigeants du casino Carlton de Cannes étaient venus déposer contre le maire en place.

Ce sont les faits qui valurent à Michel Mouillot et à plusieurs de ses collaborateurs un placement en détention au mois de juillet 1996, grâce à la précieuse collaboration de Scotland Yard.

Évidemment, en toute logique, le parquet m'avait donné pour mission de rechercher si des faits similaires à ceux du Carlton avaient pu exister dans les autres casinos cannois.

Cependant, l'écho médiatique de l'affaire initiale rendait les investigations dans les autres établissements illusoires, et c'est à la vérité sans trop de conviction que les OPJ du groupe criminel de l'antenne du Service régional de police judiciaire de Nice (SRPJ) et moi-même avons entamé les vérifications nécessaires.

Les spécialistes seront étonnés que ce ne soit pas la section financière de ce même service qui ait été saisie, mais le directeur de l'époque avait estimé devoir la tenir à l'écart pour cause d'amitié maçonnique trop flagrante avec les fonctionnaires municipaux et les élus impliqués.

Néanmoins, grâce à leur ténacité et à des vérifications qui seront un jour développées devant un tribunal du fond, les enquêteurs réussirent à m'apporter des éléments suffisants pour prononcer de nouvelles mises en examen pour corruption active et passive, dans le cadre d'une seconde autorisation d'exploitation de machines à sous au profit du casino Riviéra, installé dans l'hôtel construit à l'emplacement de l'ancien palais Croisette, qui abrita jadis les heures folles du Festival du film avant qu'il n'aille s'enliser dans le bunker du nouveau palais des Congrès.

Il fallut pour cela établir, de la façon la plus objective qui soit, la réalité de remise de fonds par les dirigeants de l'établissement de jeu, en contrepartie d'une décision favorable du conseil municipal.

Je ne pouvais en effet compter ni sur la collaboration du président de la société, Joël Herzog, ni sur celle du principal actionnaire Nessim Gaon pour faciliter la manifestation de la vérité. Il faut savoir en effet que quiconque révélerait avoir dû verser des fonds ou des avantages sous toutes formes, pour obtenir une décision positive par exemple d'un élu, se verrait immédiatement mis en cause en qualité de corrupteur actif et probablement condamné comme tel. Cela explique pourquoi la recherche des vérifications liées à la corruption se heurte le plus souvent à la loi du silence.

Ce fut le cas en l'espèce, et je fus contraint de placer sous mandat de dépôt Joël Herzog, pour préserver la recherche de la vérité et limiter les possibles ententes frauduleuses qui pourraient y faire échec.

Une telle décision est toujours humainement pénible pour le magistrat qui doit la prendre, aujourd'hui en l'occurrence pour le juge des libertés et de la détention, instauré par la loi nouvelle. Elle le fut d'autant plus pour moi que le mis en examen concerné était le propre fils du très populaire et très aimé ancien président de l'État d'Israël Chaïm Herzog.

Pendant plusieurs semaines, la pression fut lourde à assumer. Les couloirs étroits qui conduisaient à mon bureau de l'ancien palais de justice étaient systématiquement parcourus par d'étranges personnages conversant perpétuellement en langue hébraïque, un téléphone portable rivé à l'oreille, et qui me rappelaient la personnalité du détenu, si toutefois j'avais pu l'oublier.

La confrontation générale dont mon instruction ne pouvait se dispenser put enfin avoir lieu puisque Nessim Gaon, par ailleurs beau-père de Joël Herzog, accepta de sortir de sa patrie suisse pour se rendre à ma convocation au tribunal de grande instance de Grasse.

Début 1997, le volet du casino Riviéra de la

société anonyme Noga-Hôtel-Cannes était ainsi clos, l'instruction portant désormais sur d'autres chapitres de ce dossier à tiroirs.

C'est en juillet 1998 que je devais brutalement être replongé dans cette affaire dont j'étais dessaisi depuis plusieurs mois, comme je l'ai expliqué plus haut.

Une lettre recommandée avec accusé de réception émanant du *Canard enchaîné* me demandait des explications quant à des faits imputés par Michel Mouillot et son conseil, lesquels m'accusaient ni plus ni moins d'avoir favorisé dans la procédure le sort de MM. Herzog et Gaon, pour des raisons touchant à ma vie privée.

Cette lettre fut suivie de nombreuses autres sollicitations du même type qui me firent comprendre que les instigateurs faisaient le tour des rédactions, comme l'avait fait Gozlan en son temps, pour tenter d'obtenir une prise à partie dont ils se serviraient ensuite.

Munie d'attestations de deux salariés de la SA Noga-Hôtel-Cannes « concomitantes à de substantielles augmentations de salaires » – selon un rapport émanant de l'inspection du travail établi à la demande de la directrice générale de la société, Mme Hélène Chastan-Bagnis –, la défense de Mouillot entreprit de déposer une plainte à mon encontre qui est actuellement instruite par les deux juges parisiens déjà en charge du dossier criminel de la « Sonacotra ».

Les « plaignants » omettent évidemment de souligner que cette salariée de la société de Herzog et Gaon – désormais adversaires – est aussi une élue municipale de la liste Mouillot, désignée depuis aux fonctions d'adjointe aux finances de la ville de Cannes, en même temps que l'amie et l'associée d'un certain Milazzo Sauveur, membre de la même loge maçonnique que l'ancien maire.

Bien évidemment la justice locale ne s'interrogera jamais sur la situation de cette femme qui cumule des fonctions apparemment tout à fait incompatibles, gérant à la fois les finances de la ville et dirigeant la société propriétaire d'un casino fermé par décision du ministère de l'Intérieur pour cause de corruption présumée.

Toujours est-il que les attestations qu'elle a obtenues des deux salariés « récompensés » se trouvent miraculeusement entre les mains de Mouillot et donc dans le dossier des juges parisiennes qui s'appuient ainsi sur des documents frauduleusement obtenus.

Stade ultime de la manœuvre, ces mêmes pièces vont être également déposées sur le bureau de la chambre de l'instruction d'Aix-en-Provence, pour tenter d'obtenir la nullité des procédures impliquant Mouillot et donc, par le même coup, MM. Gaon et Herzog.

Cette haute stratégie destinée à retarder

l'échéance et, pourquoi pas, à anéantir définitivement l'instruction de faits gravissimes mettant en cause tant de personnalités du monde politique et financier, se heurte néanmoins à un obstacle juridique de poids : la jurisprudence de la cour d'appel d'Aix qui, jusqu'alors, n'a jamais admis que la partialité du magistrat puisse affecter la validité des actes accomplis.

Qu'à cela ne tienne, il n'y a que les imbéciles qui ne changent pas d'avis, dit-on. Et le propre de la jurisprudence n'est-il pas de faire parfois œuvre créatrice ?

Par un arrêt du 20 février 2000, la chambre d'instruction innovera en effet sur ce point, justement pour répondre aux sollicitations de Michel Mouillot. Qui plus est, celui-ci étant à court de preuves quant aux griefs fallacieux qu'il me fait, la cour décidera de mener elle-même des « vérifications complémentaires » pour pallier en quelque sorte le vide vertigineux de son dossier.

Après avoir donné en pâture à la presse ma vie privée, remodelée selon ses convenances, Mouillot obtient ainsi que la chambre d'instruction enquête à son tour sur mon compte, alors que deux juges parisiens sont déjà employés à la même tâche.

Un pourvoi en cassation formé contre l'arrêt du 20 février 2000 lui octroie un délai supplémentaire de près d'une année, et en juin 2001, les investigations décidées par la juridiction d'appel sont toujours en cours.

Lorsque sera enfin reconnue ma totale loyauté et le caractère dilatoire des accusations, il sera de nouveau loisible à Michel Mouillot de former un nouveau pourvoi en cassation et de disposer ainsi d'un nouveau délai supplémentaire...

*
**

J'apprécie décidément la lecture de mon ex-collègue Thierry Jean-Pierre. Il eut la gentillesse de me dédicacer un de ses ouvrages particulièrement argumenté et lucide, *Le Droit des plus forts*, publié en 1996. Il ne m'en voudra donc pas de le citer ici, lui qui affirmait : « Plus que jamais les juges dérangent... Mais qui faut-il arrêter, les juges ou les mafieux qui truffent l'Europe de trafics internationaux et de circuits de blanchiment ?... Comme l'Italie, la France est corrompue. Comme en Italie, sa justice est faible et critiquée. Comme en Italie, l'opinion ne sait plus s'il faut louer ou détester sa magistrature. Comme l'Italie, la France a de puissants lobbies patronaux et politiques. Manque la mafia. Jusqu'à quand ? »

Je me demande souvent ce qu'il répondrait, seulement cinq ans plus tard, à cette dernière question.

XII

Le boomerang

22 mars 2000. Je comparais devant la formation disciplinaire du Conseil supérieur de la magistrature pour avoir adressé, dans les circonstances que j'ai relatées, une lettre à Bernard Tapie le 1er décembre 1997. Depuis le choc de l'annonce de cette procédure, en septembre 1999, la multiplication des anomalies constatées m'a conforté dans l'idée que la concomitance de cette mesure avec la conduite d'affaires en cours impliquant hautes personnalités et puissants groupes financiers, dans le cadre de délits de corruption, ne devait rien au hasard.

Jean-Alphonse Richard, journaliste au *Figaro*, l'avait pressenti bien avant moi, titrant à l'époque : « Tir de missiles contre un juge grassois ». Je n'imaginais pas à quel point il voyait juste, comme je n'imaginais pas, avant l'instruction de mon cas par le conseiller rapporteur du Conseil supérieur de la magistrature, M. le professeur Pierre Avril, combien les quelques actes qu'il allait effectuer seraient significatifs à cet égard.

C'est ainsi que la réponse fut donnée à l'une des interrogations qui me hantaient depuis de nombreux mois : comment mon courrier à Bernard Tapie était-il tombé si rapidement entre d'autres mains ? Les auditions de témoins du conseiller rapporteur m'apprirent que Mme d'Arvisenet, alors premier substitut à la section financière du parquet de Paris, aurait trouvé une copie de ce courrier dans sa propre boîte aux lettres, mais qu'elle n'avait, hélas, pas conservé l'enveloppe.

Émue par son contenu qui aurait dû l'amener plutôt à déclencher des investigations pour en vérifier l'exactitude, elle préféra s'offusquer de mon geste, et transmit le précieux document à son procureur, M. Gabriel Bertrand.

L'histoire prend toute sa saveur lorsqu'on sait que Mme d'Arvisenet, ce magistrat si pointilleux, était à l'époque en pourparlers contractuels avec les dirigeants de l'ex-Compagnie générale des eaux, devenue Vivendi, et que lorsqu'elle fut entendue par le professeur Avril, elle fit état de sa nouvelle profession, à savoir chargée de mission de M. Jean-Marie Messier, président-directeur général de la CGE.

Ajoutez à cela que la CGE se trouvait au cœur de toutes les affaires cannoises dont j'ai été dessaisi, et vous conviendrez avec moi qu'il s'agit là d'un recrutement fort opportun !

Le rapport du parquet de Paris, suite à la découverte de la chargée de mission de la Compagnie générale des eaux, souligne la gravité de mon comportement, mais curieusement, non pas pour un manquement quelconque à je ne sais quelle obligation, mais parce qu'il porterait « atteinte à la qualité de victime du Crédit Lyonnais ».

Ainsi, alors que la commission parlementaire présidée par le député François d'Aubert a éclairé de tant de révélations sulfureuses le monstrueux passif du Lyonnais, il demeure pour le parquet de Paris qu'il est, et qu'il doit rester, définitivement une victime.

En versant à mon dossier disciplinaire, à la demande de mes défenseurs, diverses pièces officielles mais soigneusement omises par les auteurs du rapport initial de saisine, je fis également la découverte que, dès le 16 juin 1998, mon cas avait déjà été soumis à l'appréciation du directeur des services judiciaires, M. Bernard de Gouttes, qui avait à l'époque conclu sans ambiguïté : « Le comportement de M. Murciano ne me paraît pas justifier l'engagement de poursuites disciplinaires. »

La question soumise ce 22 mars 2000 était donc tranchée depuis le mois de juin 1998, et le même magistrat, Bernard de Gouttes, occupait désormais le siège du « procureur » avec pour mission de soutenir aujourd'hui le contraire de ce qu'il avait écrit hier !

Ce magistrat se tira tant bien que mal d'une telle situation, exposant à la haute juridiction du Conseil supérieur de la magistrature que la question était si complexe que les services de la chancellerie avaient souhaité la soumettre à leur appréciation. Il reconnut néanmoins, en juriste de qualité, que le grief qui m'était fait d'avoir porté atteinte à l'honneur de la magistrature ne pouvait être retenu.

Il requit en définitive une sanction de principe sous la forme d'une simple réprimande. Je fus, quant à moi, beaucoup plus attentif à une autre partie de ses réquisitions : celle où, sans aller évidemment jusqu'à rendre hommage à mon travail, il pointa les difficultés auxquelles je m'étais heurté, et dont plusieurs témoins cités à la barre avaient restitué le contexte.

À l'issue de son réquisitoire, je me dis qu'au moins cet homme avait entendu ce que ces professionnels étaient venus déclarer sous la foi du serment.

Albert Lévy, Jean de Maillard et le procureur de la République de Nice, M. Éric de Montgolfier, ne s'étaient donc pas attachés en vain à rapporter au Conseil supérieur de la magistrature le fruit de leur propre constat sur les entraves auxquelles sont confrontés les magistrats à l'occasion d'enquêtes sur le crime organisé, la délinquance financière, ou le grand banditisme.

La procédure disciplinaire me concernant devait atteindre un magistrat supposé isolé. Elle a eu le mérite, au contraire, de révéler à mes yeux que mon expérience n'était pas unique, et que des témoignages identiques affluaient de nombreuses autres juridictions de France et d'Europe.

Au-delà du milieu judiciaire, d'ailleurs, les mêmes obstacles sont offerts aux policiers, gendarmes, fonctionnaires de l'administration fiscale, dès lors qu'ils usent de la simple volonté d'exercer leur mission en toute indépendance.

Je souhaite que ceux-ci, un jour proche, prennent à leur tour la parole pour expliquer comment, eux aussi, subissent des pressions de toute nature aussitôt qu'ils se heurtent aux réseaux.

Les experts Ernest Bracco et Jean Girerd témoignèrent, ainsi que l'adjudant-chef Commandré, en tant qu'acteurs de ces procédures ayant abouti à mes dessaisissements. L'ancien président de la chambre d'accusation d'Aix-en-Provence, quant à lui, n'a pas souhaité répondre à la citation que je lui avais fait délivrer. Mme d'Arvisenet non plus, trop occupée par ses nouvelles fonctions.

Les délais extrêmement courts dans lesquels cette audience fut organisée, sans même qu'il soit répondu à plusieurs demandes d'actes complémentaires sollicités par mes défenseurs, n'ont pas permis à M. le procureur général de Genève, Bernard Bertossa, d'être présent. Il adressa cependant un témoignage écrit de sa grande connaissance des limites de l'action judiciaire dans l'Europe entière, comme l'extrait qui suit le démontre.

[...] *Vous avez bien compris qu'il ne m'appartient pas de me prononcer sur les faits qui sont à l'origine de cette procédure.*

En revanche, je vous confirme bien volontiers que, dans la mesure où ma pratique m'a donné l'occasion de connaître de son activité de magistrat instructeur, j'ai pu constater que M. Jean-Pierre Murciano faisait preuve de sérieux, de détermination et de courage dans la conduite de ses enquêtes, dont certaines étaient fort délicates car elles visaient des personnes économiquement et politiquement puissantes.

Si les mesures dont M. le juge Murciano est aujourd'hui l'objet me désolent, je dois ajouter qu'elles ne me surprennent pas. Mes fonctions m'ayant conduit à collaborer avec de nombreux magistrats étrangers en charge de causes difficiles, j'ai remarqué en effet que, dans certains milieux touchés par des enquêtes pénales, la déstabilisation des magistrats jugés trop « curieux » était érigée en tactique de défense.

À titre d'exemple, je vous signale que le juge Antonio Di Pietro, figure de proue du parquet de Milan en charge des causes « mains propres », a dû résister – avec succès heureusement – à pas moins de six enquêtes dirigées contre lui.

M. Youri Skouratov, procureur général de la Fédération de Russie, qui avait montré quelque volonté de s'en prendre à la corruption régnant dans son pays, avait été écarté de son poste et se trouve aujourd'hui inquiété par des enquêtes touchant à sa vie privée.

À une moindre échelle, des magistrats suisses jugés par certains trop entreprenants sont ou ont été l'objet de poursuites disciplinaires, dont l'ampleur et l'écho médiatique sont inversement proportionnels au caractère bénin des griefs retenus à leur égard.

Pour les organisations criminelles que nous avons mission de combattre, une sanction même vénielle, prononcée à l'égard d'un magistrat décidé, est une véritable aubaine.

Il ne s'agit pas, bien entendu, d'accréditer la thèse selon laquelle la fin justifie les moyens, fût-ce au mépris des règles de nos États de droit. Plus il s'expose, plus le magistrat doit être attentif à se comporter de manière irréprochable. Il n'en demeure pas moins que, comme tout un chacun, il peut commettre des erreurs et prendre des risques que le juge exclusivement motivé par son propre confort a peu de raisons de craindre. [...]

Ces quelques phrases d'un homme aussi respecté et d'un magistrat aussi redouté m'ont apporté un réconfort qui en définitive m'a largement payé de toutes les vicissitudes que mes détracteurs m'avaient causées.

*
**

Le Conseil supérieur de la magistrature a délibéré sur mon cas. La sanction est tombée. Une réprimande est prononcée, à savoir la plus légère condamnation dans l'échelle des peines disciplinaires prévues par nos statuts.

J'ai formé un recours contre cette décision, parce que, après que je me suis défendu de toute atteinte à l'honneur, on m'a finalement reproché « un manquement à l'obligation de discrétion » dont j'ignore le fondement et la portée.

Je souhaite surtout que le Conseil d'État, notre plus haute autorité administrative, statue sur la question procédurale que mes conseils ont soulevée avant tout examen au fond.

Est-il admis aujourd'hui en France qu'un justiciable puisse récuser son juge lorsque celui-ci entretient des liens maçonniques avec l'une ou l'autre des parties ?

J'ai en effet soulevé une telle difficulté procédurale en préalable de l'audience du 20 mars 2000 où la formation disciplinaire a examiné mon cas.

Comme on l'a vu, le système de défense que j'ai choisi a consisté à démontrer de façon quasi arithmétique comment j'étais devenu la cible de puissants groupes financiers et de personnages corrompus, s'appuyant sur l'outil logistique de la franc-maçonnerie pour orchestrer une série d'attaques concertées contre moi, au moment précis où l'avancement de diverses procédures planait, comme autant de menaces, sur de hautes personnalités.

J'ai expliqué également pourquoi il m'a fallu sortir de ma réserve et du silence que je m'étais imposé afin d'effectuer l'« autopsie » de quatre dessaisissements antérieurs qui ont eu en commun d'avoir entravé le cours de la justice dans ce que l'on peut qualifier d'« affaires d'État », dès lors que Mme la ministre avait choisi de m'en imputer la responsabilité et de les attribuer à des « errements procéduraux » de ma part.

Dans ces circonstances, comment pouvais-je avoir la garantie d'un procès équitable, au sens de la Convention européenne des droits de l'homme, si l'un ou plusieurs des membres de ce tribunal appartenaient à cette obédience dont il me fallait dénoncer l'influence ?

Les informations dont je disposais m'ont conduit à demander solennellement à l'un des membres de la juridiction de se retirer, au motif qu'il avait entretenu des liens étroits avec les frères de cette loge de la Côte d'Azur dont je me devais de l'avertir que j'allais mettre en cause le rôle occulte.

Ce simple exercice normal de défense allait entraîner des réactions d'une violence démesurée.

Outre le fait, juridiquement discutable, que le Conseil supérieur de la magistrature ait choisi de statuer lui-même sur ma requête, et que le membre que je souhaitais récuser fût maintenu dans la formation, celui-ci, par ailleurs premier président d'une grande cour d'appel de France, entreprit, à peine rentré dans sa juridiction (j'allais écrire dans son fief), une campagne à mon égard, sous la forme d'une pétition soumise à la signature de ses subordonnés, m'affublant de toutes sortes de qualificatifs et m'assurant du grand mépris des signataires.

Les plus hautes autorités furent prises à témoin de mon attitude inqualifiable.

Mme Élisabeth Guigou a cru bon de faire parvenir une réponse écrite où elle se rangeait du côté des « opprimés », pour indiquer qu'il lui paraissait tout à fait indécent de prendre à partie un magistrat en raison de ses opinions religieuses ou philosophiques.

Monsieur le Président de la République, pour sa part, assura les membres du Conseil supérieur de la magistrature de sa volonté de garantir l'indépendance de celle-ci, réponse que j'ai considérée comme un encouragement personnel plutôt que comme un soutien à mon nouveau détracteur.

Au-delà de ces péripéties, les nécessités de ma défense ne méritaient-elles pas un peu plus de respect ? Un magistrat dont la probité est publiquement mise en cause ne peut-il disposer des droits reconnus à tout assassin ou violeur d'enfants ?

Nos amis italiens ou anglais, pour qui les fonctions de magistrat sont incompatibles avec des appartenances occultes quelles qu'elles soient, seraient-ils aussi méprisables que moi ? N'évolueraient-ils pas dans des États de droit ?

Ma démarche n'a jamais consisté à contester la légitimité du droit de chacun à disposer de sa conscience philosophique, mais lorsque celle-ci se traduit par le serment donné à une association occulte d'une solidarité et d'une fidélité sans faille, il est permis de s'interroger sur la capacité effective pour l'homme concerné de demeurer par ailleurs un juge impartial.

Surtout si l'objet du litige est en lien direct avec cette appartenance secrète.

Il en serait autrement si j'avais eu à répondre d'un fait différent. Si j'avais comparu devant mes pairs pour une infraction au code de la route, par exemple, il ne me serait pas apparu que l'appartenance maçonnique de tel ou tel membre de la juridiction soit de nature à me causer préjudice.

En revanche, en l'espèce, il appartiendra au Conseil d'État de dire, eu égard aux faits de la cause, s'il est équitable qu'un membre récusé choisisse de se maintenir, puis ourdisse des pétitions à mon encontre, avant même d'avoir délibéré sur mon sort, pour finalement participer à la décision de m'infliger une réprimande.

De la même façon, lorsqu'un commerçant voit s'écrouler le fruit d'une vie de labeur, que son actif est vendu à vil prix et que sa liquidation judiciaire les laisse, lui et sa famille, à jamais endettés, n'a-t-il pas au moins le droit de savoir si les acteurs de la procédure ne seraient pas liés par un quelconque serment donné dans le secret d'une loge ?

Comment le justiciable saurait-il admettre le bien-fondé d'un raisonnement juridique et adhérer à une décision judiciaire, si le doute qui s'insinue en lui ne peut être levé au nom d'un secret qui l'empêche de vérifier si une connivence a pu ou non le priver d'un procès loyal ?

*
**

Il m'est difficile d'écrire le mot fin au bas de ce texte dès lors que ces questions n'ont pas encore eu de réponse.

Dès lors également que les conséquences de ces événements sont toujours présentes pour moi et que certains n'ont jamais renoncé, au contraire, à l'entreprise de déstabilisation entamée.

Ainsi ce pédophile internaute de nationalité étrangère qui écrit au consul de son pays, depuis sa cellule de la maison d'arrêt, pour lui enseigner que son juge est un homme très raciste, et que c'est un scandale pour la France de lui confier des dossiers alors qu'il est lui-même accusé d'avoir posé des bombes dans des foyers d'immigrés.

Ou encore ce mis en examen impliqué dans une importante affaire de grand banditisme qui se plaint régulièrement au président de la République que je n'aie pas encore démissionné de mes fonctions.

Tout récemment enfin, tel autre mis en examen dans le cadre d'une escroquerie organisait chez un avocat parisien une conférence de presse pour expliquer comment il était victime d'un complot de la part des mêmes magistrats mis en examen ensemble dans un dossier d'« explosifs », allant, pour les besoins de sa démonstration, jusqu'à inventer purement et simplement la participation à sa propre procédure du procureur Bernard Farret.

Pas étonnant dès lors que le premier président de la cour d'appel d'Aix-en-Provence, délivrant ma dernière notation avant de jouir d'une retraite bien méritée, constate laconiquement que je ne suis plus un juge d'instruction compétent et expérimenté, et me conseille fermement d'exercer d'autres fonctions, si possible en d'autres lieux.

Quant au président de la chambre de l'instruction, se livrant à ce même exercice à mon égard, il a estimé pour sa part qu'il serait bon qu'une inspection des services judiciaires vienne évaluer l'état de mon cabinet.

Je considère, pour ma part, qu'il serait temps qu'effectivement, une mission d'inspection se penche sur le fonctionnement de la justice de la Côte d'Azur.

Table des matières

Direction littéraire
Huguette Maure
assistée de
Marie Dreyfuss

Composition PCA
44400 – Rezé

Impression réalisée sur CAMERON par

BRODARD & TAUPIN
GROUPE CPI
La Flèche

pour le compte des Éditions Michel Lafon

Imprimé en France
Dépôt légal : juillet 2001
N° d'impression : 8714
ISBN : 2-84098-597-7
LAF 140